KB269541

나답게, 여전히

안녕 폼페야!

"저는 언제나 행복해요~!"

이렇게 외치고 다니는 한 소녀가 있습니다. 소녀를 처음 보고 놀랐던 사람들은 이내 이 소녀에게 이러한 평을 내립니다.

"밝고 똑똑한 소녀"

스스로 행복하다고 공공연히 외치고 다니건만, 사람들은 어찌하여 그 소녀를 처음 마주할 때면 내심 놀랍다는 표정을 짓곤 하는 것일까요? 놀라워하는 것은 기본이고, 당황스러워하거나 신기하게 바라보는 시선도 심심찮게 받습니다. 사람들에 따라 정도의 차이는 있을지언정, 하나같이 '의외다'라는 공통된 반응을 보이는 이유는 간단하고도 분명합니다. 소녀는 휠체어를 타고, 스스로 호흡하지 못해 24시간 인공호흡기의 도움을 받으며 사는 중증 환자이기 때문입니다. 그리고 이 소녀는 바로 저 자신이기도 합니다.

저는 엄마와 아빠가 다소 늦은 나이에 얻은 소중한 외동딸입니다. 하지만 소중한 딸인 동시에 아픈 손가락이기도 하지요. 태어날 때부터 원인 모를 발달 지연과 심장 문제, 백내장 등을 겪으며 부모님에게 아픈 손가락이 되었고, 마침내 '폼페병'이라는 진단을 받으면서 '장애아'라는 꼬리표를 달고 다니기 시작했으니까요. 열일곱 살이 된 지금까지, 장애아라는 꼬리표는 제 몸에 바짝 붙어 좀체 떨어지지 않습니다. 아니, 외려 더 가까워졌다고 봐야 할 겁니다.

'폼페병'이라는 희소 질환을 가진 저에게 장애라는 말은 익숙한 말이지만, 동시에 아무리 들어도 좀처럼 적응이 안 되는 단어이기도 합니다. 남들은 어찌 생각하든 간에, 적어도 저는 제가 장애아가 아니라고 생각하거든요. 걷는 것은 고사하고 자가 호흡도 못 해서 인공호흡기를 달고 있으면서도, 저는 꿋꿋하게 '나는 장애아가 아니다!'라는 소신을 밀고 나갑니다. 물론 장애아 맞지요.

하지만 제가 봤을 때 저는 그저 평범한 아이로 보이거든요. 남들보다 잘하는 것이 있고, 남들보다 활기차고, 남들보다 행복한 저 자신이 아주 잘 보입니다. '저'라는 존재는 그 어떤 존재와도 비교가 안 되는 소중한 존재라는 생각. 이 생각이 늘 밑바탕에 깔려 있는 저는, 자존감이 넘치는 소녀라고 할 수 있겠지요. 그리고 그 자존감은 저를 살아가게 하는 건강한 거름이 됩니다.

자존감이 충만해서인지, 장애가 있다는 사실을 저는 별로 중요하게 받아들이지 않아요. 지금은 힘들어도 낫기만 하면 된다는 굳은 믿음이 있거든요. 그날이 언제가 될진 모르겠지만, 오래 걸리더라도 끝내는 다른 사람들처럼 건강해질 수 있을 것이라는 자신감이 있거든요. 그 자신감을 하루하루 되새기면서, 저는 저만의 방식으로 삶을 살아갑니다. 비록 남들과 다른 삶이지만, 외려 다르기에 더욱 빛나는 삶이 될 수 있지 않을까요? 모든 사람이 똑같이 살아야 할 이유는 없으니 말입니다.

게다가, 알고 보면 세상에는 저처럼 '조금 다른 삶'을 사는 사람들이 의

외로 많이 있습니다. 그분들 중에는 자신의 삶을 책으로 쓰신 분들도 종종 있는데요. 그리하여 제가 시중에 나온 '장애'와 관련된 책을 둘러보니, 대부분 성인 환자들이 자신의 이야기를 저술하셨더라고요. 물론 장애는 모든 환우 분의 힘겨운 싸움이지만, 그래도 저는 저와 비슷한 나이대인 미성년자들이 자신의 장애에 대해 쓴 책이 거의 없다는 점이 못내 아쉬웠습니다. 성인과 미성년자는 분명 생각하는 부분에 있어 크게 다를 것이기에 저는 '성인'의 투병기가 아닌 '또래'의 투병기가 궁금했어요. 환자가 미성년자인 경우, 대부분 환자를 돌보는 보호자가 보호자의 입장에서 환자의 투병기를 저술한 경우가 많습니다. 그래서 오랜 고민 끝에 결정하게 되었습니다. '내가 겪은 장애를 서술하여, 나와 똑같은 상황에 놓여 있는 미성년자 환자들에게 희망과 용기를 주자!'라고 말이지요.

물론 간병하는 보호자도 이루 말할 수 없이 힘이 들기에, 보호자 시각에서 쓴 책들도 모두 다 소중하지만, 누가 뭐라 해도 '환자가 제일 힘들다!'라는 주관이 뚜렷한 저는 '환자의 입장에서 생생한 이야기'를 들려주고 싶어서 출판을 결심했습니다. 장애인이지만 어딜 가나 '명랑하다'는 말을 듣는 저의 이야기를 통해, 다른 환우분들께도 제 에너지를 전해드리고 싶습니다. 대한민국의 모든 환우분이 장애를 이겨내고 밝게 웃을 그날을 꿈꾸며, 험난했다면 꽤 험난했던 저의 이야기를 시작해볼까 합니다.

01

둘에서 셋으로

내가 여태껏 경험한 것들을 글로 쓰려고 보니, 문득 드는 생각이 있었다. 나의 이야기를 쓰려면 부모님의 이야기부터 써야 하지 않을까 하는 생각 말이다. 부모 없이 태어나는 사람은 없지 않은가. 동물이라면 누구나 부모가 있기 마련이다. 나 역시 마찬가지다. 두 분 사이에 사랑의 결실이자, 인생에서 가장 큰 선물이라는 나 자신의 이야기를 할 때, 부모님의 이야기를 뺀다는 것은 어불성설이다.

"엄마, 아빠가 나를 너무 늦게 낳았잖아!"

내가 농담 반, 진담 반으로 부모님께 투정하는 단골 멘트 되시겠다. 저 말 그대로, 부모님은 상당히 늦게 결혼한 편에 속했다. 결혼이 늦어버려 자연스럽게 내 나이 역시, 부모님의 나이에 비하면 어렸다. 나의 나이와 부모님의 나이를 모두 알게 되는 이들은 꼭 한 번씩 의외라는 듯한 표정을 지었을 정도였다.

엄마 나이 마흔, 아빠 나이 마흔둘에 찾아온 귀한 존재가 바로 나다. 무남독녀 외동딸인 나는 어려서부터 지금까지 공주처럼 자랐고, 지금도 그렇게 자라고 있다. 두 분은 내 말이라면 한마디도 흘려듣지 않고 머리에 꼭 저장해두시는 모양이다. 지금은 내가 다소 커서 비밀이 생겼지만, 더 어렸을 때는 나에 대해 모르는 게 손톱만큼도 없으셨다. 어떤 때는 조금 소름이 끼칠 정도로, 나와 관련된 것이라면 마치 나의 속마음을 훤히 들여다본 것 같이 '조수빈 전문가'였다. 뭐든지 알고 있는 부모님이 때로는 무섭기도 했지만, 매우 큰 사랑을 받는 것 같아 기분은 좋았던 기억이 있다.

차분하고 꼼꼼한 엄마와 외향적이고 수다스러운 아빠는 언뜻 보면 상극에 가깝지만, 그렇기에 더욱 잘 지내시는지 모르겠다. 서로 부족한 부분을 채워주기 때문이다. 물론 서로 차이점을 좁히지 못할 때면 종종 큰 소리도 내시지만, 그 횟수가 많지도 않고 서로 꿀이 뚝뚝 떨어질 때가 더 많으니 나는 부모님의 사이가 무척 좋은 편이라고 생각한다.

"수빈아! 엄마랑 아빠 사진 좀 찍어 봐라!"

종종 아빠는 엄마의 어깨에 손을 올리며 자세를 잡고는 나에게 이렇게 외친다. 엄마 역시 귀찮다고 싫어하면서도 은근히 즐기는 눈치다. 나는 두 분의 모습에 큭큭 웃으며 냉큼 핸드폰을 들어 부모님의 다정한 한때를 사진으로 남기고 말이다. 딱히 무언가를 하지 않아도, 그저 우리 가족이 모두 모여 있다는 그 자체만으로도 그저 행복하다. 소박하지만 소소한 행복이라 하였던가. 부모님과 대체할 수 있는 것은 그 어떤 것도 없을 정도로 나에게는 소중한 부모님. 그건 부모님도 마찬가지인가 보다.

"엄마랑 아빠는 우리 수빈이가 제일 예뻐."

"다른 아이들보다 수빈이가 훨씬 예뻐."

"우리 딸은 아빠 목숨보다 더 귀해."

이렇게 항상 나를 감싸주고 사랑이 가득 담긴 말씀을 해주신다. 그럴 때마다 나는 나의 삶에 등대가 되어주는 1,800년 전에 한 위인*에게 외친다. '감사합니다. 이렇게 좋은 부모님과 함께할 수 있게 해주셔서.' 우리 가족이 소중하고 고마워서 웃음이 날 때, 이것이 가족의 힘인가 싶기도 하다. 혼자서는 힘들어도 셋이라면 전혀 힘들지 않다. 둘이면 뭔가 부족한 감이 있는데, 셋이라면 꽉 채워진 느낌이다.

'둘에서 셋으로'

한 사람이 있고 없고의 차이인데 그 한 사람의 영향력이 엄청나다. 종종 아빠가 일 때문에 늦게 올 때면, 아빠의 빈자리가 매우 크게 다가오니 말이다.

내가 아직 태어나지 않았을 때, 갓 결혼한 부모님은 단둘이 사셨을 것이다. 두 분 사이에 내가 추가되었고, 그렇게 우리는 세 가족을 이루었다. 아빠가 늦게 오는 날이면, 이런 생각을 해보곤 한다. '늦게까지 기다린 아빠가 귀가하였을 때 비로소 우리 집이 활기를 띠는 것처럼, 부모님도 내가 태어났을 때 비슷한 느낌이셨을까. 단둘이 살고 있던 집에 나타난 작디작은 새 생명 덕분에 더욱 활기가 넘친다고 생각하셨을까?' 하는 궁금증이다.

결혼 이후 부모님이 임신을 간절히 원했는지는 알 수 없다. 다만, 2005년의 어느 여름날에 임신테스트기에서 두 줄을 확인하였을 때, 갑작스럽게 그리고 조금은 빨리 찾아온 생명에 두 분은 얼떨떨하셨다고 한다. 신혼 생활 반년 만에 내가 나의 존재를 알린 격이니 당황스러울 법도 하다는 생각에 고

개가 끄덕여진다. 어쨌건 두 분께서는 자신들의 2세를 환영하였고, 몇 개월 뒤 초음파 검사에서 딸이라는 것이 밝혀진 후에는 기뻐하셨다고 하셨다.

언젠가 내가 아빠에게 물었다.

"아빠, 아빠는 내가 딸이라는 거 알고 실망하지 않았어?"

"왜?"

"아들 낳고 싶었는데 내가 딸이었던 거 아니야?"

아빠는 말도 안 된다는 투로 말했다.

"아니, 전혀 그렇지 않았어. 오히려 딸이라는 거 알고 좋았어."

"하지만 아빠도 대를 이어야 하잖아."

이 한마디에서 느꼈겠지만, 나는 사실 나이치고 굉장히 고지식한 편이다. 21세기에 태어난 사람인데도 불구하고 때로는 부모님보다 더 고지식한 발언을 해서 타박을 들을 정도이니 말 다 했다고 한 수 있을 것이다. 어느 책에서 옛날 사람들은 대를 잇는 것을 무척이나 중요하게 여겼기 때문에 딸보다 아들을 더 바랐다는 글을 읽은 기억이 났다. 그래서 다소 나이가 많은 아빠도 혹시 그러한 생각을 하지 않았을까 싶어서 물어본 것인데, 전혀 아니라 하니 외려 질문한 내가 살짝 민망해졌다.

"조수빈, 너는 몇 살인데 그런 말을 하냐? 그렇지 않아. 아빠는 대를 잇고 그러는 거 관심 없어. 대를 이으면 어떻고 안 이으면 어때? 아빠는 딸이 더 좋아. 이렇게 이야기도 잘 통하고."

물론 아들이라고 아빠와 이야기가 안 통하는 것은 아닐 것이다. 그러나 나는 그렇게 말해주는 아빠에게 고마웠다. 아들이길 바랐다고 할 줄 알았는데 예상 밖의 답변을 해주어서 말이다. 만약 아빠가 정말로 아들을 바랐다고 말했다면 분명 엄청나게 서운해했을 테니까 말이다. 그건 엄마도 마찬가지였다. 엄마 역시 딸이라는 말을 듣고 기뻤다고 한다.

하지만 성별만 부모님이 원하는 대로 되었을 뿐, 나는 뱃속에서부터 효녀는 아니었던 모양이다. 엄마가 임신 기간 내내 입덧에 시달렸다는 것이다. 음식 냄새를 맡지 못해 음식 가까이 갈 수도 없었다는 이야기를 들으면, '나는 도대체 태아 시절에 뭘 하고 살았던 건가.' 싶은 생각이 종종 든다. 뭐, 모체의 입덧을 자궁 속 태아가 어떻게 조절할 수 있겠느냐마는 말이다.

어쨌든, 엄마는 지긋지긋한 입덧에서 하루라도 빨리 벗어나고자 나를 일찍 낳고 싶었단다. 엄마의 바람이 이루어진 것일까, 아니면 나의 급한 성격이 태아 시절부터 발휘되었던 것일까. 내가 엄마에게 '나 나갈 거예요.' 하고 신호를 보낸 것이 병원에서 예상한 것보다 몇 주 빨랐다. 37주 때였으니까 말이다.

2006년 2월 19일, 아빠는 출산 예정일이 얼마 남지 않은 만삭 임산부를 데리고 나들이를 떠났다. 나들이 장소는 바로 국립중앙박물관. 방문해본 사람이라면 잘 알겠지만, 국립중앙박물관은 엄청 넓어서 많이 걸어 다녀야 하는 곳이었다. 그곳에서 엄마는 아빠와 함께 전시를 둘러보며 몇 시간 동안 걸었다고 한다. 즐거운 나들이였던 모양이다. 그리고 결론적으로, 그 나들이는 새 생명이 탄생하기 전 두 분 단둘이서 즐긴 마지막 나들이가 되었다.

부모님의 박물관 나들이 덕분에 자궁 속에서 온갖 감각을 총동원해

박물관을 느낀 나는 세상 빛을 빨리 봐서, 조금이라도 더 일찍 이곳저곳으로 나들이하고 싶다는 욕심이 들었던 게 분명하다. 인생은 태어나는 그 순간부터 고통의 연속이라는 것을 알 리 없는 9개월 된 태아는 부모님을 만날 욕심에 세상 밖으로 나갈 만반의 준비를 마친 것 같다. 그렇지 않고서야 어찌 그리 절묘하게도 신호를 보냈을까. 바로 다음 날인 2월 20일, 아빠의 말에 따르면 월요일이었다던 그날, 아침 7시였다고 한다. 아빠가 부지런히 출근 준비를 하고 있는데, 난데없이 엄마가 다급하게 소리를 질렀다는 것이다.

"사랑이* 아빠! 이리 좀 와봐!"

놀란 아빠가 헐레벌떡 달려가 보니 양수가 이미 터져 있더란다. 양수가 터진다는 것은 출산이 임박했다는 징조이기에, 엄마는 출근을 뒤로하고 곧장 병원으로 직행했다. 그리고 그때부터 딸과 만나기 위한 길고 긴 시간이 시작되었다.

출산의 고통을 직접 겪은 엄마에게도, 분만실 밖에서 초조하게 기다렸을 아빠에게도 영겁과도 같았을 시간. 새 생명을 맞이하는 것은 결코 쉬운 일이 아니다. 고통 없이 이루어지는 것이 아니다. 엄마는 딸과 만나기 위해 온 힘을 다했고, 열 시간 동안 이어진 진통을 이 악물고 참은 끝에, 마침내 당일에 나를 만날 수 있었다. 우리 세 가족의 역사는 이렇게 시작되었다. 간호사가 나의 탄생을 알리면서 비로소 우리 셋이 가족이 된 것이다. 둘에서 셋으로. 한 명이 늘어났을 뿐이지만 그 '한 명'의 존재가 부모

---

* 사랑이는 어렸을 때 나의 태명이다.

님에게는 세상 그 무엇보다 소중하고 사랑하고 애틋한 존재일 것이리라.

　예나 지금이나 갓 태어난 아이는 축복 같은 존재다. 아이의 부모는 물론, 주변 사람들도 함께 기뻐하고 부모에게 축하와 덕담을 아낌없이 해 주곤 한다. 우리 가족도 예외는 아니었을 것이다. 특히나 나이가 다소 많은 편이었던 엄마와 아빠이기에 자식이라는 존재는 더더욱, 유난히 더 특별하게 다가왔는지도 모를 일이다. 엄마와 아빠는 나의 탄생에 감격도 했겠지만, 어쩌면 걱정이 앞섰을지도 모른다. 단란한 세 가족이 함께 집에서 알콩달콩 살아가는, 지극히 평범하고도 당연한 일이 조금 어렵게 되어버렸기 때문이다.

　과거로 거슬러 올라가 보면, 나의 인생은 보통 사람보다는 험난했다.

어떤 때는 내가 열일곱 살이 되었다는 것이 신기할 정도로 20년도 채 되지 않은 인생이 까마득하게 느껴지기도 했다. 물론 나는 아주 어렸을 때 일은 기억하지 못한다. 지극히 당연한 것이 아닐까 싶다. 갓난아기 시절을 기억하는 사람은 거의 없으니까. 따라서 아주 어린 시절 겪은 것은 모두 부모님에게서 들은 이야기지만, 그 시절의 이야기를 듣고 있노라면 전혀 생각이 나지 않는데도 '내가 힘든 시기를 정말 잘 이겨냈구나.' 싶다. 나의 이야기를 순서대로 들려주자면, 시간을 16년 전으로 되돌려야 한다.

우리 세 가족이 직면한 문제는 내가 탄생하는 그 순간부터 시작되었다. 갓 태어난 갓난아기가 울지 않은 것이다. 갓난아기의 울음. 우리가 흔히 "응애!"라고 말하는 그 울음은 무척이나 중요한 것이다. 자궁 속에서 탯줄로 영양분과 산소를 공급받던 태아는 세상에 나오게 되면서 자가 호흡을 시작한다. 갓난아이가 태어난 직후 터뜨리는 울음은 자가 호흡을 시작했다는 신호와도 마찬가지다. 하지만 나는 그 신호를 보내지 못했고, 얼떨떨하기만 한 부모님은 무슨 상황인지도 모른 채 분주해진 의료진들을 바라보며 가슴이 덜컥 내려앉았다고 한다. 그것이 내가 이 세상에 나와 처음으로 겪은 일이었다.

출생할 때 울지 않았던 문제가 '별 이상 없다'는 것으로 마무리되어 갈 때, 또 하나의 장애물이 앞을 막아섰다. 그 장애물의 정체는 바로 중이염이었다. 난청 검사에서 청력이 떨어진다고 하며 원인을 살피던 중, 중이염이 있다는 것을 발견한 것이다. 사실 중이염은 지금 내가 겪는 문제에 비하면 아무것도 아닌 사소한 병이었다. 항생제만 먹으면 얼마 안 돼서 치료할 수 있는 병이니 말이다.

하지만 그것은 지금 겪고 있는 일이 너무나 거대했기에 상대적으로 아무것도 아닌 것처럼 보이는 것일 뿐이다. 출생하자마자 울지 않는 딸 때문에 심장이 철렁한 경험이 있는 초보 부모에게는 중이염 또한 가슴 찢어지는 병명이었을 것이다. 그 시절 부모님이 갓난아기인 나를 보며 무슨 생각을 하셨을까 생각하자면, 그 마음을 온전히 헤아리지 못하는 나이인데도 가슴 한편이 시리다.

중이염을 치료하며 귀 상태를 추적관찰 하던 어느 날, 아빠가 엄마에게 말했다.

"수빈이 눈이 조금 이상하지 않아?"

"그게 무슨 말도 안 되는 소리야!"

나의 눈이 뭔가 이상한 것 같다는 아빠의 예리한 말을 엄마는 일소에 부쳤다. 후일담이지만, 엄마는 아빠가 내 눈에 대한 이야기를 하였을 때, 그저 전등 불빛이 반사되어 보인 것이겠거니 하는 정도로만 생각했다고 설명했다.

하지만, 결론적으로는 아빠가 매우 잘 본 것이었다. 예방접종 이후 열이 치솟기 시작한 나를 데리고 부랴부랴 내원한 응급실에서 검사한 결과, '선천성 백내장'이라는 진단명이 떨어진 것이다.

백내장이라니, 이건 또 무슨 마른하늘에 날벼락이란 말인가?

백내장은 일반적으로 노년에나 찾아오는 병이라 생각했던 부모님에게는 또 한 번의 청천벽력이었을 것이다.

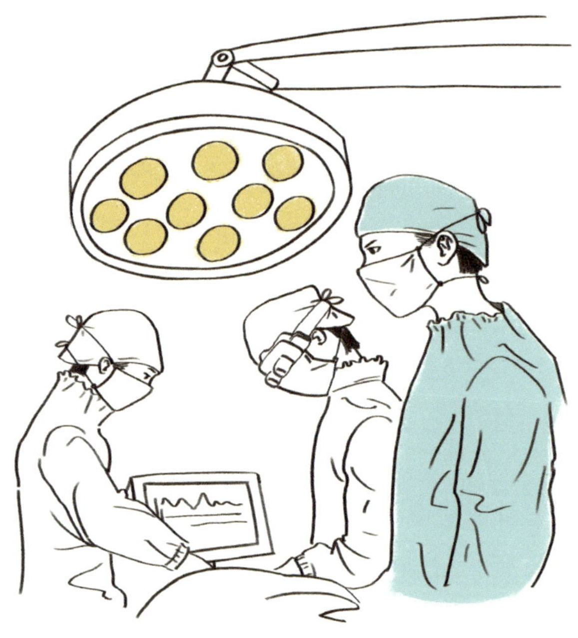

　수술이 불가피하다는 의료진의 판단하에 곧장 수술 일정이 잡혔고, 당시 100일을 갓 넘겼던 나는 고작 3개월이라는 어리디어린 나이에 홀로 차가운 수술대에 눕게 되었다. 나보다 더 힘든 수술을 한 아이도 있겠지만, 당시 부모님에게 그런 걸 생각할 여유는 없지 않았을까 싶다. 그저 내 딸이 아프다는 것에 온 신경이 쏠린 채 마음 아파했을 것이다. 아마 수술이 성공적으로 끝난 이후에야 잔뜩 벌어졌던 마음의 상처가 조금이나마 아물지 않았을까 싶다.

“엄마, 나 어렸을 때 말이야, 안경 쓴 게 귀여운데?”

“너 수술하고 나서 안경 쓰고 다녔어. 한번은 너 데리고 어디 갔더니, 어떤 할머니가 와서는 아기가 안경 쓴 거는 처음 본다고 하더라. 그래서 사실 나도 내 딸을 만나기 전까지는 본 적 없다고 대답했었어.”

몇 년 전쯤, 내가 제법 컸을 때 어린 시절 사진을 보다가 엄마와 나누었던 대화다. 백내장 수술 이후 시력을 보호하려고 한동안 안경을 썼다고 하더니, 그 일을 증명이라고 하듯 내 어린 시절 사진엔 안경을 쓰고 있는 사진이 꽤 많다. 엄마가 말했던 그 할머니처럼 대놓고 처음 본다고 말하지는 않았어도 누군가는 내심 이상하게 여겼을 수도 있다. 다른 사람의 시선이 부모님에게 상처가 되지는 않았을까 생각하자면 미안한 마음이 절로 들고는 한다. 하지만 나는 처음으로 어린 시절 사진을 봤을 때, 안경이 꽤 잘 어울리는 것 같아서 귀엽다며 웃었다. 남들은 돌도 안 된 아기가 안경 쓴 걸 안쓰럽게 봤을지도 모르지만, 나는 그래도 내 모습이라고 안경을 쓴 모습도 예쁘다고 생각했다.

당시 나는 선천성 백내장을 앓아서인지 또래 아이들보다도 시력이 좋지 않았다. 보통 신생아는 시력이 발달하지 않은 상태라 눈이 안 좋은 어

른들이 흐릿하다고 말하는 정도로 보인다고 한다. 색깔 역시 **흑백**만 보다가 시간이 지남에 따라 시력이 선명해지면서 구별할 수 있는 색깔이 많아지는 것이다. 나는 백내장으로 인해 시력이 발달하지 못했고, 나중에도 시력이 얼마나 될지 당장 알 수가 없는 상황이었다. 조금이라도 시력을 올리고자 안경을 쓰기 시작했으나, 기본적으로 눈이 나빴던 상황이었다.

무언가 보여야 호기심이 생기고 그 호기심이 발달의 동기부여가 되는 것인데, 잘 보이지 않다 보니 동기부여가 없어서인지 발달이 매우 늦었다. 보통 아기 같았으면 4개월 정도에 뒤집기를 했겠지만 나는 6개월째에 했다고 한다. 사실, 발달 지연은 내가 선천적으로 갖고 있었던 병 때문이었지만, 시력도 어느 정도는 영향을 끼쳤을 것이리라 예상해본다.

발달이 늦는 것을 걱정하며 재활의학과까지 내원하기 시작한 세 가족에게 기껏 수술한 눈에 백내장이 재발해버리는 시련이 또 찾아왔다. 이 역시 내가 컸을 때의 일이지만, 나는 백내장이 재발하였다는 이야기를 듣고 "그런 것도 재발해?" 하며 놀란 적이 있다. 더군다나 부모님은 곧 더 큰 산봉우리를 마주해야 했다. 시일이 지날수록 문제가 하나씩 해결되기는커녕 하나씩 추가되어가는 첩첩산중이 우리 가족 앞에 놓인 것이다.

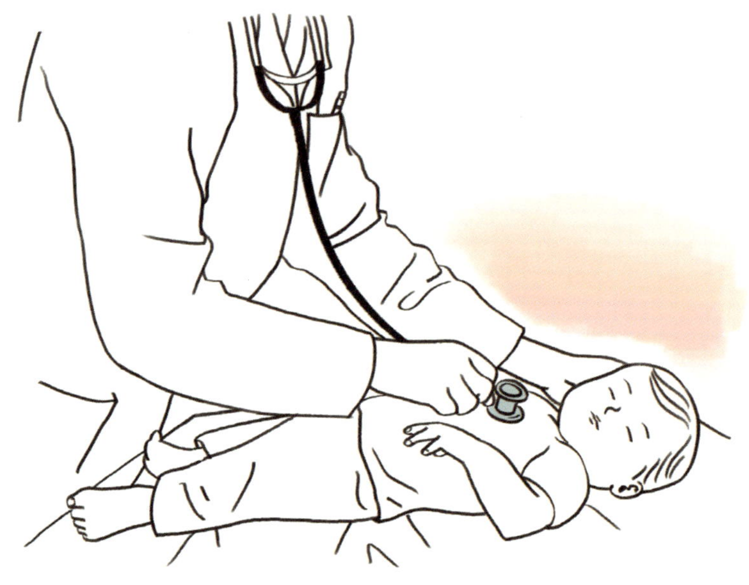

재발한 백내장 재수술을 위한 일정을 잡던 중 발견된 심장 이상은 당시 내가 겪어온 일 중 가장 큰일이라고 말할 수 있으리만큼 중대했다. '심장 근육이 두껍고, 심장의 모양이 보통과는 다르다'는 진단을 받게 되었다. 굳이 설명하지 않아도 모두가 알 정도로 심장은 살아가는 데 있어서 꼭 필요한 장기이자, 몸에서 가장 열심히 일하는 기관이다. 그러한 기관에 문제가 있다니. 엄마는 지금도 하소연한다. 시간이 갈수록 문제가 더 늘어나서 정신을 차릴 새가 없었다고. 그 시절의 이야기를 듣고 있노라면 나 역시 뭐가 어떻게 흘러가는 건지 모르겠기에 그 당시 나의 상태가 얼마나 시시각각 변해갔는지 알 것도 같다.

이제는 옛날 일이 되었지만 지금도 아빠가 이야기하는 것만으로도 눈물을 글썽거리는 대목이 여러 가지 있다. 그중에 첫 번째는

'내가 생후 7개월째에 향후 4개월 이내에 죽을 수 있다'

는 말을 들은 때일 것이다. 아빠가 슬퍼하니 나는 아무것도 아닌 것처럼 "시한부 선고받은 거지, 뭐." 하고 짐짓 밝게 이야기하지만, 나라고 생후 7개월째에 죽었을 수 있다는 말을 듣고서 아무렇지 않을 수는 없었다. 아빠는 말했다. 하나밖에 없는 딸이 아프다는 사실이 떠오를 때마다 운전하다가도 눈물이 마구 흘러서, 펑펑 울며 내가 입원해 있는 병원으로 갔었다고. 아마 그때 끊임없이 문제를 겪던 나를 보며 힘드셨을 것이다.

　그러한 아빠의 경험담은 나의 가슴에 사무칠 수밖에 없었다. 어린 나를 보며 부모님은 얼마나 힘드셨을까. 아마 당시에 말을 하지 못했던 나도 표현하지 못했을 뿐, 고통을 느끼고 있었을 것이다. 당시 우리 세 가족이 느꼈을 감정을 생각하자면 눈물이 날 것 같아서 당장에 달려가 엄마와 아빠를 꼭 안아주고 싶다. 다만, 내가 대놓고 울고 있다면 부모님의 가슴이 더더욱 아플 것이니, 나는 속으로만 슬퍼할 뿐 겉으로는 아무렇지 않은 척하기 위해 밝게 행동한다. 그것이 내가 현명하게 과거와 현재를 아우르는 방법이라는 걸 잘 알기 때문이다.

　내가 아무렇지 않은 척할 수 있는 이유 중 하나, 그것은 나의 상황이 아주 최악이지만은 않다는 점이다. 쥐구멍에도 볕 들 날이 있다고 하였던가. 문제만 연달아 터지며 호전되는 것은 없고 악화되기만 하던 나에게 거의 처음으로 기쁜 일이 생겨났다. 심장 근육이 두껍고 심장의 모양이 이상한 이유를 찾던 중, 줄줄이 터지는 문제점의 근본적인 원인이 밝혀지기 시작한 것이다. 그것 역시 쉬운 여정은 아니었던 것 같다. 생후 10개월, 뭔지 모를 문제점의 원인을 알아내기 위해 '근육 조직 검사'를 실시했다. 살을 살짝 떼어내는 검사인데, 최대한 흉터가 안 남게 조심했다고는 하지만, 내 왼쪽 허벅지에는 벌써 15년 전에 검사한 흉터가 완전히 사라지지 않고 남아 있다. 하지만, 그 자국에 대해 불만을 품거나 불평은 일절 하지 않았다. 몸에 칼을 댄 검사였지만, 검사한 보람은 차고 넘쳤으니까.

마침내 나의 병이 발견되었기 때문이다. 밝혀진 병명은 근육 질환이었다.

정확하게는 희소 난치성 질환, **"폼페병"**이었다.

02

함께 온 불청객, 폼페병

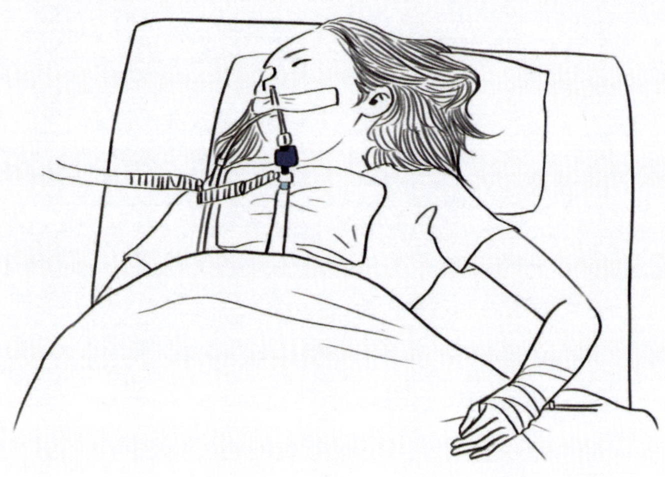

희소 난치성 근육 질환 **폼페병**, 이는 내가 태어날 때부터 갖고 있었던 병이며 동시에 평생 친구가 될 녀석이기도 하다. 생후 10여 개월쯤 됐을 때 진단받아 어느덧 열일곱이 된 지금까지, 16년이 넘도록 나와 함께하고 있다. 그리고 안타깝게도, 앞으로도 언제나 함께할 것 같은 예감이 든다. **원치 않는 영원의 단짝**이라고나 할까.

독자 중 이 병명을 들어본 이는 한 손에 꼽힐 것이다. 폼페병은 무척이나 '희소'한 근육 질환이다. 어느 정도냐면, 우리나라 전국을 통틀어 2005년부터 2010년까지 폼페병을 진단받은 환자가 15명 정도라고 한다. 2010년 이후 지금까지 진단받은 환자들이 더 있겠지만 그렇다고 해도 무척이나 적은 수다. 미국의 통계에 의하면, 발병률이 40,000명당 한 명꼴이라고 한다. 그렇게 희소한 병이 나에게 찾아왔다. 그것도 선천성으로, 16년 동안 나와 동고동락하는 중이다.

폼페병뿐 아니라 모든 병은 선천성과 후천성, 두 종류로 나뉜다. 나에게 해당하는 선천성은 말 그대로 선천적으로, 즉 태어날 때부터 그 병을 가지고 있었던 경우이고, 후천성은 출생 이후 아무 이상 없이 어느 날 갑자기 찾아오는 경우이다. 그런 만큼 태아 시절에도 갖고 있었을 것이 분명하지만, 나의 경우, 출생 전에는 병이 있다는 것을 전혀 알지 못했다. 엄마가 말하길, 내 딸이 아프게 태어날 줄은 꿈에도 몰랐다고 한다. 사실 이는 엄마뿐 아니라 모든 부모의 당연한 생각일 것이다. 그렇기에 나 또한 폼페병을 '함께 온 불청객'이라고 생각하곤 한다. 부모님에게는 새롭게 만난 아기가 이 세상 무엇보다 소중한 존재이자 축복인데, 희소병이 함께 왔으니 말이다.

쓸데없는 생각이지만, 나는 가끔 '병에 걸린다면 선천성이 나을까, 후천성이 나을까?' 하는 생각을 해보곤 한다. 주로 할 일 없을 때 불현듯 떠오르는 잡생각인데 결론을 말하면 이것은 어느 게 더 낫다고 확답할 수 없는 문제이다. 선천성이든 후천성이든 환자들은 모두 각자의 사연이 있고, 각자 자신의 병을 이기기 위해 스스로와 끝없는 싸움을 벌이고 있기 때문이다. 병이 언제 발병했느냐보다 훨씬 더 중요한 것은 당연히 그 병을 이겨낼 의지와 노력이 있느냐 하는 것이다.

종종 만나는 사람들에게 불가피하게 내 병을 말해야 하는 때가 있다. **"폼페병입니다."** 라고 말하면 사람들이 보이는 한결같은 반응은 **"그게 무슨 병이지요?"** 이다. 서술한 대로 무척이나 희소한 병이기에 그렇게 묻는 것이 당연한 반응이라 생각한다. 그렇다면, 희소 난치성 근육 질환인 폼페병은 어떤 것일까? 근육 질환이라는 말에서부터 알 수 있듯, 근력이 위축되고 근육이 감소하는 병이다. 우리가 행하는 모든 움직임은 다름 아닌 근력을 통해 이루어지며, 근력은 우리가 살아가면서 꼭 필요한 힘이다. 근육은 근력을 있게 하는 살이라고 할 수 있는데, 이 두 가지가 모두 부족하고 약한 폼페병 환자는 움직이는 것에 제약이 올 수밖에 없다. 걷는 것이 불편한 경우가 대다수이고, 드물지만 호흡까지 문제가 생기기도 한다. 숨을 쉬는 행위에도 역시 근력과 근육이 필요하니 말이다.

그렇다면 독자는 "왜 근력이 위축되고 근육이 감소하느냐?"라고 물을 수 있는데, 여기에는 약간의 의학 지식이 필요하다. 우리 몸에는 글리코겐이라는 당류가 있다. 필요할 때 포도당으로 분해되는 에너지 저장원이라고 생각하면 될 것이다. 문제는 그다음이다. 글리코겐을 포도당으로 분해하려면 효소가 꼭 있어야 하는데, 폼페병 환자의 경우 그 효소가 부족한 것이다. 그러니 정상인보다 글리코겐을 포도당으로 분해하는 것이 힘들

수밖에 없다. 포도당은 세포 기능에 필요한 에너지의 원천인데, 이러한 포
도당을 잘 만들어내지 못하니 에너지가 일반인보다 떨어지는 것은 당연지
사. 폼페병을 "근육 질환"이라고 부르는 것은 바로 이러한 이유 때문이다.

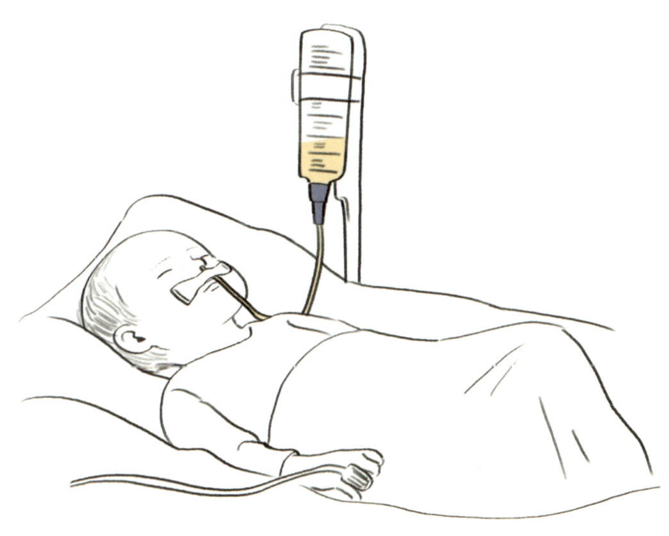

　　내가 폼페병이라는 것을 알기 전까지, 부모님은 나의 발달이 지연되
는 이유가 눈 때문이라고만 생각했을 것이다. 하지만 그것은 부수적이
었을 뿐이다. 나는 돌이 되었는데도 걸음마는커녕 고개도 제대로 가누
지 못했을 만큼 또래와는 비교하기 힘들 정도로 신체적인 발달이 더뎠
다. 힘이 약한 나머지 모유나 분유도 제대로 빨아 먹지 못했고, 결국 수

분 부족으로 인한 탈수가 와 병원행을 피할 수 없었다. 엄마의 극구 반대에도 음식 섭취를 위해 불가피하게 콧줄을 연결해야만 하는 상황이었다. 이는 비위관 삽입이라고 하며, 말 그대로 코로 관을 넣어 위까지 영양소를 공급하는 방법이다. 코에서 시작한 관이 위까지 가야 하기에 연결하는 과정이 무척이나 고통스럽지만, 먹는 양이 현저히 떨어지는 상황에서는 어쩔 수 없었던 선택이었다.

발달 지연, 심장 이상, 콧줄까지…. 태어난 지 1여 년밖에 되지 않은 아기가 감당하기에는 너무나 벅찬 시련들의 연속이었지만, 쥐구멍에도 볕 들 날이 있다고 했던가. 암울하기만 할 것 같았던 우리 가족에게 **희망**이 보이기 시작했다. 폼페병이 비록 희소 질환이지만, 폼페병에 대한 치료제

가 있다는 것이다.

　부모님으로서는 귀가 번쩍 뜨이는 말이 아닐 수 없었을 것이다. 불행 중 다행이라는 말이 이보다 더 잘 어울릴 수 없는 상황이라고 나는 생각한다. 40,000명에 한 명꼴로 희소 질환에 걸린 상황에 다행이라고 생각하는 것이 다소 아이러니하기는 하지만, 그래도 치료제가 없다는 절망적인 말을 듣는 것보다 훨씬 나은 것이 아닐까? 희소 질환에 걸렸다는 것을 생각하면 억울하고 서럽지만, 약이 있다는 걸 생각하면 '다행이다'라는 생각을 안 할 수 없다.

　우리 가족 모두에게 희망의 빛이 되어준 치료제는 '마요자임'이라는 약으로, 효소 대체 요법이라 불린다. 폼페병 환자들에게 부족한 효소를

주사제로 만들어 외부에서 혈관을 통해 넣어주는 것이다. 마요자임은 미국에서 개발되어 2006년 미국 FDA의 허가를 받았다. 우리나라에 들어온 것 역시 같은 연도이다. 2006년생인 나는 운 좋게도 약이 국내에 들어온 이후에 진단받게 되었고, 치료제가 있다는 말과 함께 얼마 안 있어 마요자임 주사제를 주입하는 효소 대체 요법 치료를 받기 시작하였다.

처음에는 국내에 들어온 직후인지라 임상 시험 중이었던 약이었기에 안전적으로 검증된 게 없었지만, 우리 가족은 급했다. 치료제가 있다는 것만도 감사하며 불안전을 감수하고서라도 임상 시험 대상자로 마요자임 치료를 시작한 것이다. 다행히도 마요자임은 별다른 부작용이 없었고, 2009년에 건강보험을 적용받게 되면서 안정적인 치료제가 되어주었다.

다만 아쉬운 것은 마요자임이 '병을 완치해주는 치료제'라기보다는 '병세가 더 나빠지지 않도록 현상 유지해주는 치료제'에 더 가깝다는 점이다. 완치라는 게 없는 폼페병은 한번 발병한 이상 평생 가지고 살아야 하는, 말 그대로 '평생 친구'이다. 치료제가 있다고 하면 완치할 수 있다고 생각할 수 있지만, 안타깝게도 그건 아니라는 것이다.

"병에 걸릴 거면 완치가 되는 병에 걸릴 것이지 왜 하필이면 이런 병에 걸린 거야?"라고 원망하던 때도 많았다. 그러나 선천성 폼페병이 찾아온 건 이미 벌어진 일이다. 불평불만을 쏟아내서 상황이 바뀐다면야 온종일이라도 짜증을 내겠지만, 현실은 그런다고 하여 바뀌는 것이 아무엇도 없다. 아무리 불평불만을 하고 신세를 한탄해봐야 바뀌는 게 아무것도 없다면, 차라리 이렇게 생각하는 것이 낫지 않을까?

'그래, 그래도 병세를 늦춰 주는 약이라도 있어서 참 다행이다.'

이 세상에는 아픈 사람들이 생각보다 아주 많다. 우리가 관심을 두지 않아 몰랐을 뿐, 조금만 살펴보면 '세상에 아픈 사람이 이렇게 많았나?'라는 생각이 들 정도로 아픈 사람이 많다는 것을 알 수 있을 것이다. 종종 병원에 입원할 때, 나는 환자가 퇴원하기 무섭게 다른 환자가 입원하는 모습을 본다. 6인용 병실에 빈 침대가 거의 생기지 않을 정도로 입·퇴원을 반복하는 사람들을 목격할 때면 '아픈 사람이 이렇게도 많구나.' 생각하곤 한다.

증세는 있는데 정확히 무슨 질환인지 병명조차 찾지 못하는 사람은 우리의 생각보다 훨씬 많다. 일례로 나는 정확한 진단명을 찾지 못해 우리나라의 유명한 병원을 다 찾아다니다가, 내가 있는 병원까지 오게 되었다는 아이를 만난 적이 있다. 그러한 사람들은 병명을 모르니 당연히 그에 맞는 치료도 받지 못하고, 그저 고통과 싸울 수밖에 없는 처지였다. 그런 사람들을 보고 있으면, '아, 그래도 나는 무척이나 행복한 사람이구나.' 하는 생각이 절로 든다.

물론 그것을 알고 있다고 하여 내 상황을 한탄하지 않는 것은 아니다. 내 몸이 힘들거나 아플 때면, 나도 모르게 '병에 걸리지 않았더라면…' 이라는 생각이 꼬리에 꼬리를 물고 이어진다. 하지만 그럴 때마다 애써 정신을 다잡으며 긍정적으로 생각하려 애쓴다. 이미 일어난 과거의 일을 가지고 한숨 쉬는 대신, 지금 내가 얼마나 잘 살고 있는지에 대해 생각하는 것이다.

그렇게 의도적으로 한참 생각하면, 언제 한숨을 내쉬었냐는 듯 어느새 방긋 웃는 나를 발견할 수 있다. 비단 나뿐만 아니라 세상일이 다 그런 것 같다. 나쁘게 생각하면 한없이 나쁜 것만 생각이 나고, 반대로 긍정적으로 생각하면 좋은 것이 마구 샘솟는 것처럼 말이다. 어차피 이렇게 된 거, 안 좋게 생각할 필요가 뭐가 있는가? 좋은 생각, 행복한 상상만 하기에도 부족한 시간인데, 헛된 생각으로 낭비하지 않으려 한다.

폼페병, 분명 반갑지 않은 존재다. 그것도 단기간에 끝나는 것이 아닌, 말 그대로 죽을 때까지 달고 가야 하는 만큼 더욱더. 그러나 이것도 나의 운명이려니 하고 받아들이고 있다. 뜻대로 안 될 때는 많지만, 긍정적으로 생각하자는 다짐은 언제 그랬냐는 듯 온데간데없이 사라지고 오로지 분노와 신세 한탄만 연발하는 날도 있지만, 그래도 나의 상황을 수용하려고 최대한 노력한다. 병 때문에 힘든 순간 또한 분명 내가 커가는 과정이라고 여기면서 말이다. 아무것도 모른 채 폼페병 진단을 받았던 돌쟁이에서 자아가 생기는 한 인격체로 커가는 과정에서, 나는 나름 내 병에 대해 의연한 태도를 가져왔다.

희소 질환을 갖고 태어난 아이, 돌이 되도록 목도 제대로 가누지 못했던 아이, 그게 다름 아닌 나를 지칭하는 말인 건 분명하다. 아픈 아기인 나를 바라보며, 사람들은 무슨 생각을 하였을까? 안경을 쓰고, 콧줄을 찬 아이의 모습이 분명 생경하고 낯설게 느껴졌을 것이다. 사실, 우리 가족도 낯설기는 마찬가지였다. 부모님 역시 지금까지 누군가의 자녀만 되어봤지, 부모가 되는 것은 처음이니까 말이다. 부모님 모두 처음 겪는 일에 어찌할 줄 몰라 눈물로 보낸 날이 있었지만, 그러는 와중에서도 나는 자라고 있었다.

물론 **'자란다'**는 것이 다른 아이들과는 조금 다른 구석이 있었다. 나는 다른 아이들에 비해 기본적으로 1년 정도는 뒤떨어지게 발달했다. 앉는 것이 18개월, 서기 시작한 것이 24개월 넘어서였고, 걸음마를 떼기 시작한 것은 무려 36개월인 네 살이 되어서였다. 걸을 만한 근력이 없었던 나

는 엉덩이를 끌며 온 집안을 돌아다녔다고 한다. 엄마와 아빠는 꽤 늦지만 조금씩 발달하고 성장하는 나를 보며 희망에 차올랐던 것 같다.

"엄마는 수빈이 네가 못 걸을 거라는 생각은
한 번도 해본 적 없어."

언젠가 엄마가 나에게 해준 말이다. 다른 아이들이 다 걸을 때 혼자 못 걷는 딸을 보면 조바심이 날 만도 하지 않은가. '이러다 수빈이가 아예 못 걸으면 어떡하지?' 하는 생각이 한 번쯤은 들 법도 한데, 엄마는 이상하리만치 불안하다는 생각을 단 한 번도 하지 않았다고 한다.

"왜 내가 못 걸을 거라는 생각을 한 번도 안 했어?"

나의 물음에 엄마는 이렇게 대답했다.

"네가 늦기는 하지만 언젠가는 걸을 거라고 당연하게 생각했으니까."

나는 엄마의 이 같은 말을 듣고, '엄마가 자식인 나에 대한 믿음이 있었구나.'라고 생각했다. 아마 엄마는 애초에 내가 못 걸을 거란 걱정을 안 한 것 같다. 당연히 때가 되면 걸을 거라는 믿음을 기반으로 조금 늦게 성장하는 딸을 인정하고 기다려준 것이다. 엄마의 생각대로, 나는 늦게나마 걸음마를 떼었다. 엄마는 종종 어렸던 내가 걷기 전, 일어나고 넘어지고를 수없이 반복하며 무던히 노력했었다고 말하곤 한다. 걸으려는 딸을 보며, 엄마는 묵묵히 나의 새로운 시작을 응원했을 것이다. 그리고 내가 마침내 걷기 시작하였을 때, 수빈이가 반드시 걸을 것이라는 믿음이 맞았다는 것을 실감하고 감격했을 것이다.

사람에게는 모두 자기만의 **속도**라는 게 있다.

뭔가를 배울 때 빨리 받아들이는 사람이 있고 느리게 받아들이는 사람이 있듯이, 아이들 역시 조금 빠른 아이가 있고 조금 느린 아이가 있는 것이다. 물론 평균이라는 것은 존재하지만 '평균'이 모든 것을 좌우하지는 않는다. 빠르면 빠른 대로, 늦으면 늦는 대로 아이의 속도를 인정해주고 응원해주는 것이 부모의 역할이라고 생각한다.

특히나 장애아의 경우 더 늦는 것이 대부분이다. 하지만 남들보다 늦을 뿐, 모두 자기만의 속도대로 성장한다. 느릴지라도 그 느림을 이해해주는 것 그리고 함께 나아가려 노력하는 것이 부모로서 해줄 수 있는 가장 멋진 일이라고 나는 생각한다. 나만의 속도대로 천천히 성장했던 나를 걱정하지 않고 굳은 믿음으로 지켜봐주었던 우리 엄마가 그랬던 것처럼.

비단 어릴 때뿐만 아니라 내가 지금까지 자라오는 동안, 엄마는 언제나 나를 믿었고 나만의 성장을 격려했다. 그래서일까, 나는 콧줄을 떼고 일반인처럼 입으로 음식을 섭취할 수 있게 되었고, 빨대 하나 제대로 빨지 못할 정도로 약했던 근력도 조금이나마 강해질 수 있었다.

무엇보다 또래보다 늦는 내가 창피하거나 부끄러웠던 순간은 단 한 번도 없었다. 멋모르던 시절, 다른 아이들과 나의 차이에 대해 하나도 인식하지 못하며 어린이집과 유치원을 다녔다. 폼페병이라는 진단을 받기 전까지 또래들과 잘 어울리기도 했고, 이런저런 활동도 스스럼없이 잘 해냈다. 어려서부터 여러 병을 겪었던 아이가 맞나 싶을 정도로 남들이 하는 것을 다 해보며 생활한 것이다.

내 기억에도 조금씩 남아 있는 대여섯 살 무렵이 바로 그맘때였다. 가끔 앨범을 들춰보면, 언제나 대여섯 살 때가 가장 건강해 보인다. 모르는 사람이 본다면 아픈 아이라고 전혀 생각하지 못할 만큼 말이다. 효소 대체 요법의 도움을 받아 건강 상태가 어느 정도 정상 궤도에 오르고, 쫑알쫑알 이런저런 말을 하였기에 엄마는 별로 길지 않은 내 인생 중 그 무렵이 가장 좋았던 시기였다고 몇 번이나 반복해서 말했다. 게다가 그때는 나만의 취미 생활을 시작했을 때였다.

걸었다고는 하지만 기본적으로 약한 나는 다른 아이들처럼 뛰어다니거나 몸을 쓰는 것을 잘하지 못했다. 엄마는 그런 나를 위해 끊임없이 책

을 읽어주었고, 덕분에 나는 책을 좋아하는 아이가 되었다. 그 영향일까. 여섯 살 무렵, 나에게 흥미로운 일이 생겨났다.

"엄마, A4 용지 몇 장만 호치키스로 찍어줘."

나의 뜬금없는 말에 엄마는 의아했을 것이다.

"수빈아, 갑자기 A4 용지로 뭐 하려고?"

엄마의 물음에 아무 말도 하지 않고 사부작사부작 내가 계획한 것을 했던 것으로 기억한다. 내가 계획한 것이란 바로 '이야기 쓰기'였다. A4 용지에 글을 써서 책처럼 만들면 좋겠다는 생각이 번뜩! 하고 떠오른 것이다. 한글을 갓 뗀 실력이었기에 알아볼 수도 없는 글씨로 나만의 이야기를 적어나갔다. 나름 이야기라고는 하지만 성인의 시각에서 보면 전혀 말이 안 되는 그런 이야기를 혼자 신이 나 마구 써 내려갔다. 제대로 된 이야기일 리 없었겠지만, 부모 눈에는 모두 자식이 뛰어나 보이는 것인지, 엄마는 여섯 살의 엉망진창 이야기책에서 가능성 하나를 발견해냈다.

"수빈아, 이런 생각을 어떻게 했어?"

여섯 살 때의 일이니 벌써 10년이 지난 일이다. 그러나 당시 좋아하던 엄마의 모습은 바로 어제 겪은 일처럼 생생하게 기억에 남는다. 그만큼 나에겐 엄마의 모습이 뜻밖이었다. 나는 그저 이야기를 써보고 싶어서 쓴 것이기에 엄마에게 그러한 칭찬을 받을 것이라고는 전혀 생각을 못 했기 때문이다. 전혀 예상하지 못했던 칭찬이었지만, 그랬기에 오히려 더 기분이 좋았던 나에게 엄마는 말했다.

"수빈이는 작가 하면 좋겠다."

생소하기 그지없는 단어였다. 하지만 엄마가 기뻐하는 모습에 덩달아 신이 났던 나는, 작가가 무엇인지도 정확히 모르면서 그때부터 "내 꿈은 작가예요."라고 말하고 다녔다. 당시엔 작가가 되고 싶은 마음이 들었다기보다는 엄마가 '작가를 하면 좋겠다'고 말하니 당연히 해야 하는 줄 알았던 것 같다. 지금 생각하면 정말 엉뚱하면서도 재미있는 기억이다. 대단한 글을 쓴 것도 아니고 앞뒤가 전혀 맞지 않는 글을 쓴 것뿐인데, 그걸 가지고 작가라는 직업까지 들먹이며 좋아했으니 말이다.

"부모는 누구나 자기 자식이 영재이길 바란다."라는 말이 있던데, 엄마도 예외는 아니었던 듯하다. 장애아인 딸에게 기대하는 것이 없었을 것 같은데, 나의 상태를 알면서도 내심 부모님은 나에게 무언가를 기대하고 계시지 않으셨을까. 고슴도치도 자기 새끼는 예뻐한다더니, 그 말이 틀린 말은 아닌 것 같다.

엄마의 정확한 의중이야 알 길 없지만, 나는 글 쓰는 것을 무척이나 좋아했다. 유치원을 다녀온 뒤면, 매번 책상에 앉아 글씨를 쓰고 그림을 그려 가며 나만의 책을 완성해나갔다. 주로 당시 내가 즐겨 봤던 만화에 나오는 이야기를 살짝씩 각색하거나, 여러 에피소드를 뒤섞어 새로운 이야기로 탄생시키곤 했다. 밖에 나가 뛰노는 것을 전혀 좋아하지 않았던 나는 날이면 날마다 이야기를 적으며 그렇게 시간을 보냈다. 형제도 없고, 친구도 별로 없었지만, 글을 쓰다 보면 그때만큼은 정말이지 시간 가는 줄 모를 만큼 심취하곤 했다.

그 시절 썼던 글들이 아직도 남아 있기에 종종 꺼내 볼 때가 있는데, 그럴 때면 나도 모르게 입에 미소가 걸린다. 지금의 내가 보았을 땐 참으로 어이없고 말도 안 되는 이야기투성이지만, 당시에는 정말 최선을 다해 썼다는 걸 누구보다 내가 잘 아니까. 어린 시절이 아니면 절대 할 수 없는 생각들을 이야기 속에서 마주할 때면 '나에게 이런 시절이 있었구나….' 하고 순수한 동심이 그저 귀여울 뿐이다.

"이게 뭐야? 맞춤법은 하나도 안 맞고, 내용도 이상한 것밖에 없네!" 하고 짐짓 투덜거리고 있으면, 엄마는 예쁘기 그지없다는 눈빛으로 내가 썼던 것들을 보며 "그 나이에 이렇게 썼다는 것만으로도 대단한 거지. 어리니까 이게 최선이었던 거야. 엄마는 이렇게 쓰라고 해도 못 해." 라고 말한다. 엄마의 말은 들은 나는 '팔불출 맞네!'라며 남몰래 중얼거렸다.

　지금의 내가 어린 시절의 나를 생각할 때 귀여운 것이 또 있다면 질투라고 할 수 있겠다. 어려서부터 나는 온 집안 관심의 대상이었다. 부모님이 늦게 낳은 자식이기도 하거니와 갓난아기일 때부터 이런저런 문제가 생긴 탓에 온 친척들이 신경을 기울였다. 더군다나 외둥이로 자랐기에 부모님은 오로지 나 하나에 온갖 정성을 쏟아부으셨다. 그래서인지 어린 시절의 나는 질투가 무척 심한 아이였다. 병원에 갔을 때, 엄마는 아는 보호자가 있어도 대화를 할 수 없었다. 엄마가 다른 누군가와 말을 할

라치면 내가 잽싸게 엄마의 고개를 양손으로 딱 붙잡고 "나만 바라봐!"
라고 외쳤던 탓이다.

내가 아닌 다른 누군가를 칭찬하면 무척 기분 나빠 했고, 같은 장소에
있는 모든 사람이 전부 나만 보기를 바랐을 정도로 나는 관심받고 싶어
했다. 외동이어서 그런 것뿐이라고 변명해보지만, 그 시절 샘솟았던 질투
의 원인이 성장 배경에 있지 않다는 걸 잘 안다. 이 세상에 모든 외동이가
질투가 심하지는 않을 테니 말이다. 그냥 내 성격이 그랬다는 것을 나도
인정할 수밖에 없는 것이다. 엄마가 다른 사람과 이야기하는 것조차 싫어
했을 정도로 극심했던 질투가 민망한 현재의 나는 '이 험한 세상에서 살
아남으려면 그 정도 질투는 있어야 한다'고 애써 합리화를 하는 중이다.

글 쓰는 것을 좋아하고, 관심받기를 바랐던 나에게 어두움이라는 것
은 찾아볼 수 없었던 것 같다. 내 몸이 다른 아이들보다 안 좋다는 것을
내가 전혀 인식하지 못했던 거로 기억한다. 이는 모두 엄마 덕분일 것이
다. 엄마는 내가 여섯 살 때까지 쓸 수 있는 휴직이란 휴직은 모조리 써
가며 오로지 나를 돌보는 데 모든 신경을 곤두세웠다. 엄마는 언젠가 내
게 이렇게 말했다.

"승진이나 연봉 같은 것은 하나도 신경 안 쓰고 쉬었어. 수빈이 네가
중요했으니까."

말 그대로 엄마는 회사에서의 위치, 연봉 등 '자기 자신'을 위한 것은
모두 포기하고 오직 '수빈이 엄마'라는 역할에만 집중한 것이다. 그것이
절대 쉬운 일은 아니었을 것이다. 그렇기에 더 고마운 마음이 든다. 내가

말한 대로 정말 나 하나만을 바라보고 키워주어서, 그 덕분에 내가 어두
운 기색 하나 없이 잘 성장해나갔으니까.

그러는 와중에도

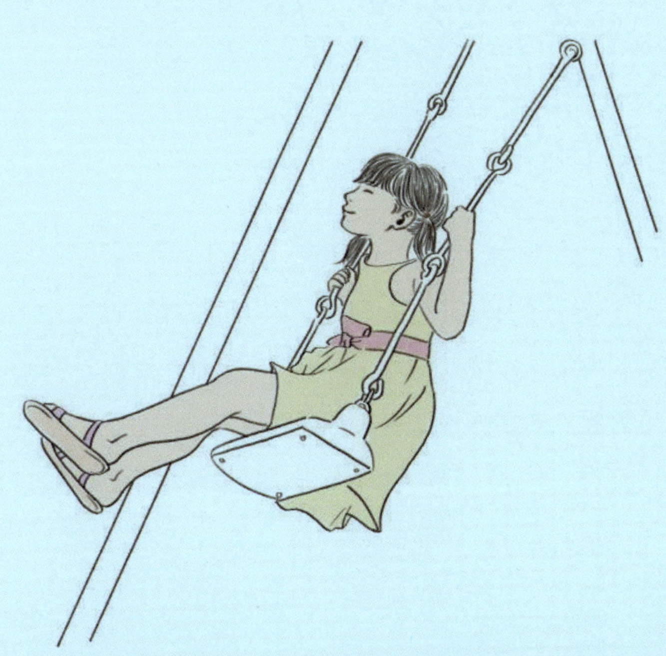

어디 엄마뿐이겠는가. 아빠 역시 나에게 최선을 다했다. 엄마가 쓸 수 있는 모든 휴직이란 휴직은 모조리 다 쓰고 복직한 이후, 여섯 살이었던 나를 책임진 것은 아빠였다. 엄마의 경우 육아휴직에 가사휴직까지 총동원하여 5년이라는 휴직 기간을 만들어냈지만, 당시 남자에게 허락된 육아휴직 기간은 딱 2년뿐이었다. 엄마가 그러했듯 아빠도 회사를 접어둔 채 나를 위해 육아라는, 전쟁터나 다름없는 전선으로 뛰어들었다. 유치원에 가기 전 준비를 시키는 것은 물론, 공부도 시키고, 밥도 잘 차려주는 등 지금 생각해도 아빠는 당시 나에게 최선을 다했다. 우리 부녀는 눈이 많이 오는 날 집 근처 공원에서 놀기도 했고, 함께 내가 좋아하는 만화를 보기도 했다. 10년이 된 일이지만, 이때의 기억은 내 추억의 한 페이지로 생생히 남아 있다.

내가 무엇보다 좋아했던 아빠와의 시간은 이야기를 나누는 시간이었다. 이야기에 등장하는 인물을 정해놓고 각각 역할을 맡아 이야기를 전개해나가는 방식의 놀이였는데, 전체적인 이야기 구상은 모두 아빠의 몫이었다. 아빠는 나의 눈높이에 맞추어 이야기에 몰입하며 열연을 펼쳤고, 나는 그 시간이 무척이나 즐거웠다. 예닐곱 살짜리 딸내미와 무려 한 시간 넘게 역할극을 하는 게 쉽지는 않았을 것이다. 하지만 딸이 좋아하는 것을 보고 안 해줄 수가 없었으리라. 심지어 지금도 당시 아빠와 한 역할극 속 이야기들이 생생하게 기억난다. 내가 얼마나 좋아하였는지 알 수 있는 부분이다.

종종 그때의 추억을 생각하며 아빠에게 말하곤 한다.

"아빠가 휴직했을 때 역할극 많이 하고 놀았는데…."

"엄청 많이 했지! 우리가 지어낸 이야기만 해도 백 개는 넘을 거다!"

아빠는 흥분한 어투로 대답했다. 살짝 허풍이 가미되어 있기는 하지만 완전히 허풍이라고 할 수도 없는 말이다. 역할극 놀이가 시작된 이후 초반에는 일주일에 두세 번씩도 했고, 슬슬 아빠의 아이디어가 고갈될 즈음부터는 조금씩 기간을 늘려갔지만, 그나마도 2주에 한 번씩은 역할 놀이를 했다. 생각해보라. 여섯 살쯤에 시작된 역할극이 무려 열한 살 때 까지 이어졌으니, 그 5년이라는 세월 동안 우리 부녀가 함께 지은 이야 기의 양이 얼마나 많겠는가? 막판에는 아빠가 '더는 아이디어가 없다'는 푸념을 한 트럭씩 늘어놓곤 했다.

"그때 아빠가 얼마나 힘들었는 줄 알아?"

아빠가 원망이라도 하듯 나를 바라보며 했던 말이다. 나도 알고 있다. 조금 크면서부터는 2주에 한 번 이야기할 시점이 다가오면 아빠가 이야 기 지어내는 것을 힘들어한다는 게 느껴질 정도였으니까. 하지만 너무 나 재미있었던 놀이었기에, 나는 다른 것은 다 안 한다고 해도 그것만큼 은 포기할 수 없었다. 할 수 있는 데까지는 아빠와 역할극을 할 생각으로 매번 그래도 해달라고, 계속해달라고 부탁하곤 했다.

앞서 언급했던 마요자임을 주입하러 2주에 한 번 정기적으로 외래를 다녔는데, 거리가 꽤 멀어 한 시간은 차 안에 있어야 했던지라 우리는 그 시간을 역할극 놀이 시간으로 활용했다. 병원에 도착할 때까지, 한 시간 이 넘는 시간 동만 아빠와 주거니 받거니 이야기를 꾸며나간 것이다.

아빠에게는 꽤 힘들었던 놀이였겠지만, 놀이 효과는 상당했다. 주기 적으로 아빠와 말하며 논 덕에, 나는 어휘력이 또래보다 뛰어나다는 말 을 자주 들었다. 상황을 꾸며나가는 것에도 재미를 느꼈고, 절로 말수도 많아져 누구나 알아주는 수다쟁이가 되었다. 지칠 줄 모르는 채, 몇 시간이고 계속 말을 하는 그런 아이가 된 것이다.

아빠는 몇 년간 힘듦을 감수하면서도 포기하지 않고 열심히 역할극을 해주었던 이유가 있다고 했다. 내가 너무 좋아했기 때문이기도 하지만, 내심 역할극을 통해 세상을 배워나가길 바랐다는 것이다. 아빠는 신체적 결함이 있는 내가 성장하면서 또래보다 경험하는 것이 적지 않을까, 세상을 잘 모르고 자라지 않을까 염려한 것이다. 그랬기에 이야기를 통해 간접경험이라도 많이 시켜주고 싶어서 매번 새로운 이야기를 만들어낸 것이 아니었을까.

엄마는 내가 말하기도 전에 나의 불편한 점을 먼저 알아채고 해결해 주는 꼼꼼함과 사랑으로, 아빠는 내가 장애에 굴하지 않고 당당하게 살아가도록 특유의 유쾌함과 사랑으로 나를 길러주셨다. 두 분이 내게 쏟아주셨을 노력과 헌신은 단순히 글자 몇 개로 표현할 수 없고, 감히 헤아릴 수도 없을 정도로 대단하다고 생각한다. 부모님의 그러한 피, 땀, 눈물은 내가 초등학교에 입학하면서부터 슬슬 빛을 보았다. 학교에 적응하고 있을 1학년 초창기의 어느 날, 같은 반 남자아이가 다가와 물었던 적이 있었다.

"수빈이 너는 이상한 것 같아."

한 번도 내가 이상하다고 생각해본 적 없는 나는 어리둥절하며 되물었다.

"내가 왜?"

"너는 잘 못 걷잖아."

마요자임이 효력을 보인 시점부터 나는 혼자서 제법 잘 걸어 다녔다. 집 밖에는 장애물이 많아 혹여나 넘어져 다치기라도 할까 봐 부모님이 항상 붙어 다니며 노심초사하셨지만, 적어도 실내에서만큼은 다른 이의 도움 받지 않고 내가 가고 싶은 곳으로 자유롭게 걸을 수 있는 정도였다. 그 시절, 여전히 나만의 책을 쓰는 것을 즐겼던 나는 책을 쓰기도 하고 읽기도 하며 하루에도 몇 번씩 이 방 저 방을 드나들었다. 내가 원하는 책을 찾겠다고 책꽂이에 있는 책을 몽땅 다 꺼낸 적도 있었다. 하지만 내가 아무렇지 않다고 느끼는 것은 나만의 생각이었을 뿐, 다른 사람 눈에는 나의 걷는 모양새가 몹시 어색했던 듯하다. 그러니 여덟 살짜리 아이가 나에게 그렇게 물었을 것이다.

　걷는 것이 조금 불편했고 밖에 나가면 부모님 중 한 분은 꼭 붙어 다니며 나의 걸음걸이를 예의주시하곤 했지만, 나는 그때까지 다른 아이들과 다른 내가 이상하다거나 창피하다는 등의 감정은 단 한 번도 느껴 본 적이 없었다. 부모님이 아무렇지 않게 나를 데리고 가족 여행도 가고, 여기저기 많이 돌아다녀서가 아닐까 싶다. 나에게 가장 많은 영향을 주시는 두 분께서 나의 장애를 굳이 숨기지 않고 당당하니까, 나 역시 내가 장애인이라는 것을 의식하지 않은 것이다. 그날도 나는 남자아이에게 대수롭지 않게 말했다.

"잘 못 걷는 게 뭐가 어때서?"

예상했던 반응이 아니었는지 남자아이는 상당히 당황한 눈치였다. 자기 자리로 돌아가는 친구를 바라보다 슬쩍 담임 선생님 쪽으로 고개를 돌리니 선생님께서 나를 보며 살짝 웃고 계셨다. 잘했다는 것처럼.

"수빈아, 네 모습이 보기 좋구나. 다음에도 친구들이 너에게 왜 그러냐고 물어보면 이번처럼 그렇게 말하렴."

담임 선생님은 나에게 그리 말씀하셨고, 나는 선생님의 말씀대로 이후에도 종종 아이들이 나의 몸에 관해 물을 때마다 그것이 뭐 대수냐는 투로 대답했다. 기분이 나쁘지도 않았기에 아이들의 그런 질문을 부모님께 시시콜콜 알리지도 않았다.

1학년 이야기를 할 때 절대 빼놓을 수 없는 이야기가 하나 있다. 당시엔 싸이의 〈강남스타일〉이 한참 유행하던 시기였다. 1학년인지라 수업 도중 지루하면 자세가 틀어지기 시작하는 아이들을 집중하게 할 요량이셨는지, 어느 날 수업 중에 선생님께서 강남스타일을 틀었다. 흥분한 남자아이들이 기다렸다는 듯 일어나 우르르 달려 나와 춤을 추기 시작했다.

강남스타일에 별 감흥이 없던 나이지만, 친구들이 춤을 추는 모습을 보자 같이 추고 싶은 마음에 벌떡 일어나 아이들과 한데 어울려 음악에 몸을 맡겼다. 한참 춤을 추고 난 뒤 정신을 차려 보니 나와서 춤춘 아이 중 여자아이는 나뿐이었다. 모든 아이가 '수빈이가 이럴 줄은 몰랐네?' 하는 표정으로 나만 바라보고 있었지만, 그 시선이 창피하지 않고 마음껏 춤을 춰 즐겁기만 했던 당시였다.

얌전한 줄로만 알았던 나의 행동이 뜻밖이었는지, 담임 선생님이 상담 기간에 엄마에게 이 일을 말씀드렸다 한다. 선생님으로부터 전해 들은 이야기에 부모님께서 무척이나 기뻐하셨던 것으로 기억한다. 당시의 강남스타일은 지금까지도 대화의 주제가 될 때가 왕왕 있다.

엄마는 선생님께 그 이야기를 들었을 때, '우리 딸에게 흥이 있구나.' 싶으면서도, 기죽지 않고 혼자 나가 남자아이들과 춤을 춘 것이 너무나 대견스러웠다고 한다. '아무것도 모르는 어린아이'라서 별생각 없이 그저 본능이 이끄는 대로 달려 나갔을 뿐이라고 말하지만, 그때를 떠올리면 나도 내가 예뻐 보일 지경이다.

나는 그렇게 끼 많고 **당당한** 아이였다.

몸이 불편하다고 하여 열외가 되는 경우는 거의 없이 친구들과 함께 운동회와 체육 활동도 하고, 화장실에서 걸레를 빨아 와 청소하기도 했다. 화장실에서 걸레를 빨았다는 얘기를 듣고 엄마는 미끄러운 화장실에서 넘어지기라도 하면 어쩌냐고 기겁하셨지만, 나는 그 시절 걸레까지 빨아보며 거의 모든

걸 다른 아이들과 똑같이 했다는 것이 매우 만족스러웠다. 만약 그때 담임 선생님께서 걱정되는 마음에 이런저런 활동에서 나를 빼셨다면 어떠하였을까.

'아, 나는 장애인이어서 안 하는 건가 보다.'

'힘들다고 하면 안 해도 되는구나.'

이렇게 생각하며 주변 사람들의 배려와 양보가 당연하다고 느끼지 않았을까. 친구들과 함께하는 활동이 벅차고 힘들 때도 있었고, 엄마가 걱정할 만큼 위험한 일도 더러 있었지만, 그런 위험 부담보다는 얻은 것이 훨씬 더 많았다고 생각한다. 또래와 활동하는 방법을 익혔고, 학교에서 경험할 수 있는 전반적인 일들을 모두 경험했고, 무엇보다 '장애인이어도 무엇이든 다 할 수 있다'는 강한 믿음을 가지게 되었으니까. 장애인이라는 것에 굴하지 않고 뭐든지 할 수 있다고 생각하였으니까.

"모든 것은 마음먹기에 달려 있다."라는 말까지 있을 정도로 사람의 마음가짐이 중요하다고 한다. 나는 약간의 고생으로 긍정적인 생각을 언제나 가슴속에 지니게 되었으니, 이 세상 무엇보다 값진 것을 얻었다고 본다. 당시에는 힘든 일을 시킨다고 불평하고 불만을 늘어놓았지만, 돌이켜 생각해보니 담임 선생님들께서 다소 위험하다 싶을 정도까지 나를 보통 아이들과 똑같이 대하신 것이 감사하기만 하다.

"장애인이어도 뭐 어때?"

장애인들에게는 그 무엇보다 중요하고 소중한 마음가짐이다.

**"장애인이어도 괜찮아. 다른 사람들과 다르지 않아.
나도 다 할 수 있어!"**

아마 이렇게 생각한다면 이 세상 어떤 어려움도 이겨낼 수 있을 것이다. 나 역시 그러하였으니까.

나를 아무렇지 않게 대했던 부모님과 거의 모든 활동을 다른 아이들과 똑같이 시켰던 선생님들의 노력이 통했는지, 안 그래도 쾌활하던 성격이 한층 더 밝게 변했다. 내가 장애인이라는 사실을 전혀 부끄러워하지 않은 건 물론이고, 심지어 나는 똑똑한 아이라고 철석같이 믿은 것이다. 어려서의 질투가 초등학교 때까지 이어진 것인지 나는 남들이 나보다 잘하는 모습도, 선생님이 내가 아닌 다른 친구를 칭찬하는 모습도 그냥 두고 보지 못했다. 내가 1등으로 잘하고 싶고, 선생님의 칭찬을 독차지하고 싶은 마음에 받아쓰기 연습을 열심히 하여 언제나 100점을 맞았고, 일기를 열심히 써 선생님께 잘 썼다는 이야기를 들었다. 그럴 때마다 나는 하늘 높은 줄 모르고 승천하는 어깨를 굳이 잡으려고 하지 않았고, '내가 우리 반에서 제일 똑똑해.' 하며 밑도 끝도 없는 자신감에 부풀었다.

세상에서 내가 제일 잘난 줄 알던 나의 허파에 바람을 있는 대로 넣어 준 일이 두 번 있었다. 1학년 말이었다. 현재는 초등학교에 없어졌지만, 당시만 해도 초등학교 역시 전 학년 모두가 중간고사와 기말고사를 치던 시기였다. 1학년의 첫 기말고사를 마무리하고 내심 점수를 기대하며 하루하루를 보내던 어느 날, 아이들의 쑥덕거림이 들리는 것이다.

"올백 맞은 애가 있대."

"시험지 뒤에 태극기 그린 애가 다 맞았대."

우연히 그 대화를 들은 나는 심장이 쿵쾅거림을 느꼈다. 시험이 끝나고 시간이 남아서 시험지 뒷장에 태극기를 그리면서 놀았는데, 아이들 사이에 오가는 말을 들으니 '혹시 올백 맞은 아이가 나 아닐까?' 하는 생각이 마구 솟구친 것이다. 마음 같아서는 그 자리에서 소리를 지르며 환호자약(歡呼雀躍)*이라도 하고 싶은 심정이었다. 학교에서 돌아오자마자 아이들의 말을 전해준 뒤 '내가 올백 맞았나 봐!' 하고 설레발을 떨었다. 정확한 결과도 안 나온 상태에서 올백이라 단정한 것이니 김칫국을 잔뜩 마셔댄 격이었지만, 다행스럽게도 그 김칫국이 김칫국으로만 끝나지

---

* 크게 소리를 지르고 뛰며 기뻐함

않고 현실이 되어주었다. 올백이라는 정확한 결과가 나온 날, 우리 집에서는 경사가 일어나다시피 했던 거로 기억한다.

초등학교 1학년, 기말고사라 해봐야 배우는 과목이 별로 없어 국어와 수학 딱 두 과목만 봤던 시험이었다. 1학년 성적이 평생을 좌우하는 것도 아니거늘, 우리 가족은 대학입시라도 치른 것처럼 그렇게 호들갑을 떨며 축하를 나누었다. 지금 생각해보면, 그 또한 부모님의 마음이 아니었을까 싶다. 별것 아니지만, 그 별것 아닌 것들이 차곡차곡 모여서 내 신체적 결함을 잊고 단단해지기를 바랐던 부모님의 바람 말이다.

정말로 그랬다면, 두 분의 바람은 완벽히 성공한 셈이었다. 이후 2학년 중간고사에서도 국어, 수학 두 과목에서 모두 만점을 맞으며 나는 '내가 공부를 잘한다'는 생각에 흠뻑 빠졌다. 우리 반에서 나보다 공부를 잘하는 아이가 아예 없다는 생각으로 어깨에 힘을 주었으니까 말이다. 그 덕분에 훗날 중학교에 진학한 후, 내가 천재나 영재가 아닌 지극히 평범한 수준의 학생이라는 것을 깨닫고 엄청난 충격에 빠져야 했다. 자뻑이 별로 좋은 것은 아니지만, "나는 다른 아이들과 다를 것이 하나도 없어!"라는 생각을 하지 않았더라면, 과연 자신감이 하늘을 찌를 정도로 당당할 수 있었을까? 그때의 모습을 생각하면서, 자신감의 중요성을 실감하곤 한다.

자신감만 있다면 **불가능**이란 것이 없다는 사실을.

04

선택

내가 다른 아이들 같지 않다고 느낄 때는 주기적으로 마요자임 효소 대체 요법을 위해 병원을 방문할 때뿐이었다. 난 그 정도로 구김살 없이 잘 자라고 있었다. 학교생활도 나무랄 데 없었고, 친구들과도 꽤 잘 어울려 지냈고, 부모님의 말씀도 잘 듣는 딸이었다. 나의 저학년 시절을 그렇게 평가하고 싶다. 그러한 평가는 부모님 역시 공감하셨다. 우리 가족에게 병명도 모르는 채 연속적으로 터지는 문제점들에 대해 탄식하고 좌절했던 어두운 모습은 더 찾아볼 수 없었으니까. 하지만 '잘 나갈 때가 가장 위험할 때'라고 하던가? 그 말에 딱 들어맞는 상황이 우리 가족에게 펼쳐지고 말았다. 말하자면 병명을 모르던 시절에 이은 험난함의 연속 2부라고나 할까.

험난함이라는 녀석은 우리 가족과 어떻게든 다시 만나고 싶었나 보다. 우리 가족이 평화로운 몇 년에 익숙해져 긴장을 잠시 놓았을 때, 그 녀석이 우리 가족의 앞길에 나타나고 말았다. 그 녀석과 우리 가족의 오래간만의 만남은 내가 아홉 살이었던 2014년 말에 성사되었다.

"수술이 필요할 것 같은데요."

아닌 밤중에 홍두깨라고, 그저 가벼운 마음으로 상태 확인차 정형외과를 방문했던 우리 가족은 전혀 예상치 못하게 튀어나온 '수술'이라는 단어에 얼어붙었다. 물론 내가 수술을 처음 해보는 건 아니었다. 돌도 되기 전, 선천성 백내장이라는 진단을 받고 두 번이나 수술대에 올랐으니까. 또 유달리 중이염이 자주 생기는 바람에 염증이 생겼을 때 고름을 빨리 빼줄 수 있는 튜브를 귀에 삽입한 적도 있었다. '튜브 삽입술'이라고 불리는 이비인후과 수술은 난이도가 무척 간단하여 사실 수술이라고 부르기도 조금 민망한 수준이다. 그래서 여섯 살이었던 나도 큰 무리 없이 해내고 금세 퇴원했었다.

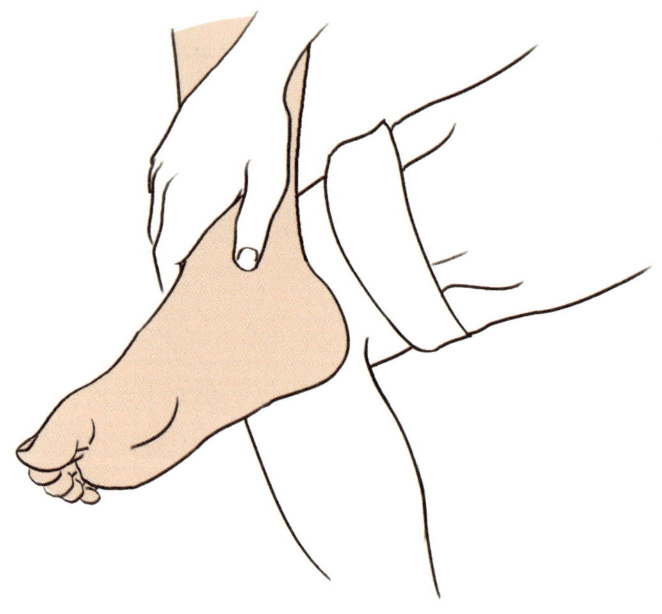

　이처럼 여러 번의 수술을 거쳐왔던 나지만, 아홉 살에 들은 '정형외과 수술'이라는 단어는 이전과 비교도 안 되는 무게로 다가왔다. 한 살에 받았던 백내장 수술과 여섯 살에 받았던 중이염 튜브 삽입술, 이것들은 모두 내가 멋모를 때 받았던 수술이었다. 수술한다고 하여 긴장하거나 걱정하는 것도 없이, 말 그대로 아무것도 몰랐던 어린아이였을 때였다. 하지만 아홉 살 정도면 내게 처한 상황이 대충이나마 어떻게 돌아가는지 알 수 있는 나이가 아닌가. 수술이 어떤 건지 인지하고도 남았을 것이다. 그러니 난데없이 불거진 수술 이야기에 놀라 얼어붙을 수밖에.

"아빠, 왜 수술해야 하는 건데?"

나의 질문에 아빠가 설명해주었는데, 그 자초지종은 이러하다. 앞서 언급했듯 나는 근육 질환 환자다. 걸어 다니기는 했지만 약하다고 한 것을 기억하고 있을 것이다. 비교적 멀쩡했던 실내와 다르게 실외에서는 언제라도 넘어질 여지가 있어서 부모님이 항상 긴장하며 따라다녔다. 정형외과 수술도 이것과 연관된다고 볼 수 있겠다. 약한 근육과 근력으로 걷다 보니, 나도 미처 인지하지 못하는 사이에 보행할 때마다 양쪽 발이 모두 안으로 돌아가는 것이다. 일반적으로 발바닥 전체에 힘을 주어 걷는데, 나는 당시 양쪽 발을 모두 안으로 돌려서 발바닥 끄트머리에만 힘을 잔뜩 준 채 걸었다고 하면 이해하기 편할 것이다. 발바닥 전체가 아닌, 가장자리 쪽에만 힘을 줘서 걷는 모양새 때문에 넘어지는 횟수도 부쩍 늘어나곤 했다. 의사는 안쪽으로 돌아가는 발 모양을 펴주는 수술이 필요하다고 설명하며 덧붙였다.

"발 모양이 점점 안으로 말려 들어가면, 나중에 걷기 어려울 수도 있습니다."

걷는 게 힘들 수도 있다는 말은 우리 가족에게 큰 충격을 안겼다. 아직 수술이라는 단어가 주는 당혹감에서 헤어나지도 못했는데 말이다. 내가 걷기까지 얼마나 힘들었던가. 아기가 걷는 행위 자체에 엄청난 노력이 필요하지만, 나는 또래에 비해서도 유난히 힘겹게 그리고 느리게 걷기 시작하지 않았던가. 그렇게 노력하여 걷게 되었는데, 걷는 것을 못할 수도 있다니. 의사의 말을 들은 직후 부모님은 '수술을 할 것인가, 말 것인가?'를 놓고 고민에 고민을 거듭하였을 것이다.

"엄마, 아빠! 나는 수술 안 해! 그거 꼭 해야 해?"

수술이라는 단어를 떠올릴 때면, 잘 모르지만 막연하게 아픈 것이라는 인식을 가진 아홉 살은 부모님에게 다짜고짜 그렇게 주장했다. 앞뒤 상황에 대한 고려는 전혀 해보지 않은, 말 그대로 무섭다는 이유 하나만으로 외친 말이었다. 철모르는 아이였던 나는 수술이라는 그 의료 행위 자체에만 초점을 맞춘 채 싫다고 말할 수 있었을지 모른다. 그러나 엄마와 아빠에게는 절대 쉬운 결정이 아니었을 것이다. 부모님은 내가 못 걷는다는 말에 충격을 받았을 것이고, 수술해서 고생하는 것을 불사하고서라도 반드시 나를 계속해서 걷게 하겠다는 결정을 내렸다. 내가 펄쩍 뛰며, "나, 수술 안 한다니까!"라고 외치고 또 외쳐도 소용없는 일이었다.

이제 생각해보니 알 것 같다. 당시 부모님의 결정에 내가 끼어들 권한 따위는 없었다는 것을. 내 의견이 반영될 수 있을 만큼 여유로운 상황이 아니었다. '수술하는 게 무섭다'는 나의 투정은 허락되지 않았다. 당시에는 엄마와 아빠가 내 마음을 눈곱만큼도 모른다고 연신 투덜댔지만, 설마하니 그러셨겠는가. 두 분은 그저 어떻게든 내가 더 건강하기만을 바라셨을 것이다. 수술해서 잠시 아픈 것과 아예 못 걷는다는 선택지는 비교할 것이 못 되니 말이다. 그것은 사랑하는 딸을 위한 부모님의 선택이었다.

인생은 선택의 연속이라 하여도 과언이 아닐 정도로 끝없는 선택의 기로를 만나는 것 같다.

그건 비단 나뿐만은 아닐 것이다. 사람들은 모두 각자의 앞에 놓인 갈림길에서 이것저것 재어본 후 한 가지를 선택하곤 한다. 선택한 것이 무엇이든 간에 그에 따르는 책임은 온전히 본인의 몫이며, 그 선택을 존중받아야 한다고 생각한다. 결과가 좋든 나쁘든 모두 자기가 조금이라도 더 가치 있게 생각하는 것을 고른 것이니까 말이다. 다만, 그렇게 고민하여 내린 선택인 만큼 모두 그 결과가 좋기만을 바랄 것이다. 상황이 어떻게 흘러갈 것인지 아무도 장담할 수 없지만, 모두 자신의 선택이 맞을 것이라는 희망과 설렘을 품고, 이루고자 했던 것이 부디 이루어지기를 바랄 것이 분명하다. 우리 가족도 마찬가지였다.

내가 계속해서 걸어 다닐 때 조금이라도 더 편하게 지내게 해주고 싶은 마음으로 부모님이 결정한 정형외과 수술은 2015년 1월에 시행되었다. 내가 열 살 되던 그해는 세 가족에게 험난함이라는 것이 다시 달라

붙어 본격적으로 악전고투를 벌였던 해이다. 먼저, 나는 앞으로 나에게 어떤 일이 닥칠지 전혀 예상하지 못한 채 수술대에 누웠다. 돌아가는 내 발을 펴주기 위해 아킬레스(발목) 부위를 수술하였기에 우리 가족끼리는 '아킬레스건 수술'이라고 부르곤 하는 그 수술은 장장 네댓 시간이 걸리는 상당한 여정이었다. 양쪽 발 모두를 수술하여야 했기에 그 정도 시간 할애는 불가피했다.

수술에 앞서, 잔뜩 긴장한 나를 안심시켜주고자 엄마와 아빠는 마취를 할 것이니 깨어나면 수술이 다 끝난 거라고 설명하고 또 설명했다. 그런 설명이 있었기에 나는 비교적 마음 편히 마취제에 몸을 맡길 수 있었지만, 회복실에서 전혀 생각지도 못한 난관에 부딪혀야 했다. 엄마와 아빠도 딱히 구체적으로 설명해주지 않은 그 난관의 정체는 다름 아닌 통증이었다. 수술로 고생한 나에게 쉴 틈을 주지 않고 계속해서 수술 부위를 공격하는 통증 덕에, 나는 장장 이틀을 울부짖다시피 하며 보내야 했다. 진통제가 효력을 발휘하여 한숨 돌릴 틈이 있었지만, 문제는 그 진통제라는 것의 효과가 한 시간 정도밖에 안 간다는 것. 그리고 한 시간 뒤면 다시 통증이 찾아오는데도 반드시 네 시간 주기로 맞아야만 한다는 것이었다. 결국, 나는 진통제의 효과가 끝나갈 때마다 "빨리 다시 진통제 연결해!!"를 연신 외치며 꾸역꾸역 세 시간 동안을 버텨야 했다.

"왜 나를 수술시킨 거야! 왜 이렇게 아프다고 말을 안 해준 거야!"

이런 말을 쏟아내며 엄마를 원망하기를 여러 차례. 본의 아니게 엄마는 성질이 머리끝까지 뻗친 딸내미의 분노받이가 되어주어야 했다. 터지는 감정을 풀 길이 없었던 내가 언제나 나만을 위해 주는 엄마에게 모

든 감정을 돌린 것이다. 때때로 통증이 심해질 때면, 나는 엄마의 머리카락을 있는 힘껏 쥐어뜯어가며 화풀이했다. 지금 생각하면 미안하기 그지없는 일이다. 엄마는 나를 고생시키려고 수술하게 한 것이 절대 아니었으니까. 오히려 순전히 나의 앞날을 위해 고생을 감수하자며 수술을 결정한 것이니 말이다. 당사자인 나만큼이나 보호자인 엄마도 무척이나 힘들었을 것이 자명하다. 자식이 고통스러워하는 것을 보고 아무 감정이 들지 않는 부모가 세상천지에 어디 있겠는가. ***나 못지않게 엄마도 고생했다고, 아무 잘못 없는 엄마에게 화풀이해서 미안하다고 7년이 지난 이 시점에야 나는 글로나마 사과해본다.***

이렇게 엄마, 아빠의 진심을 잘 아는 지금의 나와 다르게, 부모님께 성질내기 바빴던 당시의 나는 누가 봐도 어린아이였다. 통증이 점점 줄어들고 수술 경과도 괜찮아서 비교적 빨리 퇴원했는데도 나의 분노는 쉽사리 풀리지 않았다. 그 분노를 푸는 방법으로, 나는 컴퓨터를 선택했다. 집에서 통원 치료를 할 때, 엄마가 출근하며 컴퓨터를 오래 보지 말라고 했는데도 무시한 채 내내 전자파 나오는 화면을 들여다보곤 했다. '엄마가 수술하자고 해서 고생했으니까 엄마 말 안 들어야지!' 하는 나쁜 심보로 엄마가 하는 말을 안 듣기 시작했고, 일부러 청개구리 짓을 한 것이다. 엄마, 아빠 말이 곧 법인 줄 알던 착한 딸이 언제 그랬냐는 듯 말 안 듣는 청개구리로 변모하던 시기였다.

하지만 그러면서도 나는 **불굴의 의지**를 뽐냈다. 정형외과와 관련된 수술 부위는 수술했다고 하여 바로 좋아지는 것이 아니다. 좋아지는 것은 둘째치고 수술 전 상태까지 돌아가는 데만도 엄청난 노력과 꽤 오랜 시간이 필요하다. 양발을 모두 수술하면서, 나는 태어나서 거의 처음으로 휠체어 신세를 졌다. 그전에도 때때로 자력으로 걸어가기 힘든 곳을 갈 때는 휠체어의 도움을 받긴 했지만, 아킬레스건 수술 직후에는 어디를 갈 때면 무조건 휠체어를 타야 했다. 나름대로 잘 걸어 다니던 내가 휠체어를 탄다는 사실이 무척이나 창피했고, 내가 정말 아픈 사람처럼 보였다. 생애 처음으로, 다른 아이들과 다를 것이 하나도 없다고 생각했던 철석같은 믿음에 금이 가기 시작한 것이다.

그래서 정말 악착같이 재활에 힘썼다. 깁스를 풀고 힘이 다 빠져버린 다리에 억지로 힘을 불어넣어 서 있는 훈련을 해나갔고, 하루에 1분씩 늘려가며 어떻게든 빨리 걷고자 노력했다. 때때로 내 마음처럼 잘되지 않아 눈물을 뚝뚝 흘렸는데, 그럴 때면 내가 안쓰러웠는지 엄마는 슬쩍 권유하곤 했다.

"수빈아, 잘 안될 때 있어. 잘 안되면 이제 그만해. 내일 하면 되지."

"아니야! 오늘 무조건 목표한 대로 할 거야!"

엄마의 말에 더 오기가 발생한 나는 눈물을 닦은 뒤 다시 일어나 운동을 시작했고, 기어이 목표했던 시간만큼 서 있었다. 빨리 걷고 싶은 욕심이 만들어 낸 최상의 결과라고나 할까. 울면서도 노력하는 딸을 보며 엄마는 무척이나 행복한 미소를 짓곤 했다. 아마 좋아지고자 노력하는 내가 기특하고 예뻐서 그랬으리라 추측해본다. 엄마의 흐뭇한 표정 역시 나의 운동에 대한 원동력이 되어주었고, 나의 다리 근력은 하루하루 힘이 붙었다. 1분씩 늘리는 것을 꾸준히 하다 보니 힘이 붙었다는 것을 인지하게 되었다. 그때 느낀 뿌듯함과 짜릿함에는 글로는 설명할 수 없는 무언가가 있다. 노력해서 안 될 것은 없다는 사실을 실감한 나는 더 욕심이 생겼고, 재활에 탄력이 붙기 시작했다.

나의 하체 근력이 조금씩 수술 전으로 되돌아가는 것을 느끼며 잔뜩 우울했던 마음이 많이 풀리기는 했지만, 여전히 나는 수술 전 특유의 의연함을 회복하지 못하고 있었다. 학교에 가서 친구들을 볼 때면 새삼스레 아직도 제대로 걷지 못한다는 현실이 문득문득 떠올라 괴로웠다. 그래서인지 자꾸만 속으로 나와 친구들을 비교하게 됐다. 하지만 그런 일들을 시시콜콜 부모님께 말할 수도 없었다. 부모님께 내 모습과 친구들의 모습을 자꾸 비교하게 된다고 말하면 두 분이 속상해하실 것이라는 걸 너무나도 잘 알고 있었으니까. 아무도 가르쳐준 적이 없는데도, 열 살의 나는 이미 부모님의 마음을 조금이나마 헤아릴 수 있게 된 것이었다. 아킬레스건 수술 후, 남들과는 달라진 내 모습으로 인해 찾아온 속상함을 털어버릴 무언가가 필요했다. 그리고 정말 신기하게도 때맞춰 그 '**무언가**'가 나타났다.

그해 여름의 일이었다. 주말 아침, 주말이라는 특권을 마음껏 누리고자 평소보다 늦잠을 잔 나에게 아빠가 슬그머니 다가왔다. 나에게 친구나 다름없었던 아빠는 지금도 허물없는 관계를 유지하고 있는데, 당시에도 마찬가지였다. 아빠와 나는 이불 위에서 한데 어울려 방바닥을 뒹굴었다. 그러기를 한참, 아빠는 갑자기 장난기가 다분히 섞인 말투로 지나가듯이 말했다.

"수빈아, 너는 다른 아이들에 비해 눈으로 보는 경험을 잘 못 하잖아."

마치 '너는 장애인이어서 그런 거 못 하잖아.'라고 말하는 것 같아서 기분이 나빴지만 내색하지 않고 계속 들었다. 딸의 마음을 아는지 모르는지 아빠가 말을 이었다.

"친구들과 어울리는 것도 많이 못 해봐서 사람과 사람과의 관계에 대해서도 잘 모르고, 네가 직접 경험하지 못한 건 간접경험으로 알아가야 해."

"간접경험? 어떻게 하는 건데?"

"가장 쉽게 할 수 있는 것이 책이지, 책에는 내가 경험해보지 못한 것이 많이 나오거든 그 작가가 경험해본 것이나 작가의 생각들을 읽으며 네 생각의 폭을 넓혀가는 거지."

백번 옳은 말이었지만, 열 살에게는 너무나 어려운 말들이었다. 슬슬 흥미가 떨어진 내가 은근슬쩍 화제를 돌리려는 찰나, 나의 관심을 확 끌게 한 아빠의 말이 있었다.

"그래서 아빠가 삼국지라는 책을 권해줄 거야. 그 책에는 등장인물이 백 명 가까이 나오는데…."

"백 명?!"

　화들짝 놀란 내가 정말이냐는 듯 되물었다. 여섯 살 때부터 나만의 이야기를 지어내 꾸밀 만큼 책을 좋아했기에 나름대로 독서량이 많다고 자부했지만, 지금껏 등장인물이 백 명 가까이 되는 그런 방대한 책을 읽어본 적은 단 한 번도 없었다. 내가 흥미를 두는 것 같았는지 아빠는 이 때다 싶어서 구구절절 늘어놓았다.

　"사람이 엄청나게 많이 나와서 인물마다 성격이나 하는 행동이 다 달라. 인물들끼리 속고 속이고, 동맹을 맺고, 배반하기 때문에 그 책을 읽으면 네가 인간관계에 대한 것들을 조금 알게 될 거야. 너만 좋다고 하면 아빠가 읽어줄게."

　"삼국지? 그거 고구려, 백제, 신라 이야기야?"

　"아니. 중국의 위나라, 촉나라, 오나라 이야기야."

　등장인물이 백 명이나 된다는 이야기에 이미 기가 질려버린 나였다. 거기다가 나에게 친숙한 고구려, 백제, 신라의 삼국 이야기도 아닌, 잘 알지도 못하는 중국에 관한 책이라는 말에 이미 나의 흥미도는 바닥을 치고 있었다.

　'우리나라 역사도 아닌데 그걸 꼭 읽어야 하나?'

　내가 홀로 고민하고 있는데, 아빠는 신이 났는지 나에게 삼국지에 나오는 일화 하나를 들려주었다.

　"촉나라를 세운 유비라는 사람이 있어. 그 사람이 똑똑한 사람을 부하로 얻기 위해서 부하가 될 사람의 집을 세 번이나 찾아가거든?"

　"세 번이나? 아, 귀찮아. 그래서 어떻게 됐어?"

　"결국은 그 사람을 얻었어."

여전히 내가 남들보다 똑똑하다는 환상에서 깨어나지 못했던 나는 세 번이나 찾아갔다는 말에 슬며시 호기심이 일었다.

"세 번 찾아가서 만난 사람의 이름이 뭔데?"

"제갈량이야. 유비가 제갈량을 얻기 위해 세 번 찾아간 것을 사자성어로 삼고초려라고 해."

그리 길지 않았던 대화였지만 이 대화는 나의 가슴 깊은 곳에 자리 잡았다. 뭔지 모를 느낌이 있었을까. 삼국지에 관해 이야기만 들은 것일 뿐, 제대로 읽어본 적은 단 한 번도 없는데도 '재밌을 것 같다.'라는 예감이 와닿은 것이다. 특히나, 유비가 세 번이나 찾아가서 겨우 만났다는 제갈량이라는 이름 석 자는 나에게 잊지 못할 감명을 남겼다.

나는 책 읽는 걸 좋아하지만, 편식이 꽤 심한 편이다. 제목이나 그림을 살펴본 뒤, 재미있을 것 같으면 집어 들지만, 아니다 싶으면 주변에서 그 어떤 말을 해도 좀처럼 표지를 펼치지 않는다. 한 번 아니다 하면 어지간해서는 하지 않는 나의 뚝심은 그런 곳에서 발휘되고는 하는 것이다. 그렇게 호불호 확실한 내가 좋아하는 책의 장르는 탐험이나 모험 이야기, 전쟁 이야기가 주를 이룬다. 세계 명작 중에서도 《로빈슨 크루소》, 《15 소년 표류기》, 《톰 소여의 모험》 등 내가 상당히 좋아했던 책들은 모두 탐험이 주제인 책들이었다. 반면, 신데렐라나 백설 공주 등 공주가 등장하는 것은 내가 가장 싫어하던 장르였다. 아주 어릴 때부터 인형보다는 자동차, 소꿉놀이보다는 레고 맞추기를 좋아했기에 그 성향이 책까지 이어진 것은 아닐까.

초등학교 3학년, 한차례의 수술과 그에 수반되는 재활로 몸과 마음 모두 지쳐 있었던 나에게 삼국지라는 새로운 세상이 다가왔다. 처음에는 삼국지라는 정체 모를 새로운 책의 등장이 썩 내키지 않았지만, 시일이 갈수록 왠지 모르게 흥미가 당겼다. 그 당시, 삼국지에 대해 아는 것이라고는 아빠에게 들은 몇 마디 설명이 전부였는데, 무엇 때문에 삼국지에 마음이 갔는지 나도 잘 모르겠다. 다만 예상해보건대, 내가 삼국지에 끌린 이유는 두 가지가 아닐까 싶다.

첫 번째로는 '전쟁'이 소재이기 때문이다. 한국사 중에서도 전쟁을 다룬 부분을 좋아했기에, 삼국지도 그 비슷한 맥락이라고 생각한 것 아닐까 싶다. 두 번째는 제갈량이라는 사람에게 본능적으로 끌린 것 같다는 것이다. 다소 낯간지럽지만, 마치 '천생연분'이라고나 할까.

그 때문인지 만화 삼국지가 우리 집에 도착한 날, 나는 열 권짜리 책을 모두 펼친 뒤 1권부터 차례차례 등장인물을 확인했다. 제갈량이라는 사람이 언제 나오는지 궁금했다. 제갈량이 나오지 않아 실망하던 차, 아빠가 "제갈량 여기 있네!"라고 말해줘서 보니 그 책은 바로 5권이었다. 내가 보고 싶은 사람이 생각보다 늦게, 중반부에야 나온다는 사실에 기운이 쭉 빠졌지만, 한편으로는 빨리 4권까지 읽고 제갈량에 대해 읽어보고 싶다는 생각에 힘이 불끈 나기도 했다. 삼국지를 제대로 시작하기도 전부터 나에게 동기부여를 제대로 해주었던 제갈량이었다.

삼국지에 대해 전반적인 것을 모두 알려주겠노라는 아빠의 다짐과 함께 우리 부녀의 삼국지 대장정이 시작되었다. 아빠가 미리 언질을 준 것처럼, 삼국지는 절대 만만한 책이 아니었다. 단언컨대, 열 살 인생을 살며 읽어본 책 중 가장 복잡하고 어려운 책이었다고 자부할 수 있다. 그만큼 삼국지라는 책이 지닌 깊이는 남달랐다.

아빠가 설명해준다고는 하나, 열 살의 지적 능력과 경험만으로는 온전히 이해하는 데 한계가 있었다. 그러나 나는 아빠가 읽어주는 걸 듣고 또 들었다. 이유는 간단하고도 명료했다. 제갈량이라는 사람을 빨리 보고 싶어서. 제갈량에게 왜 그리 끌렸을까? 아빠가 똑똑한 사람이라고 말했기 때문에 끌렸다고는 하지만, 삼국지를 제대로 읽기 전부터 시작된 나의 제갈량 앓이를 설명하기에는 부족한 감이 있다.

삼국지를 읽기 시작한 그 순간부터, 나는 '제갈량 언제 나오나.' 하는 생각을 안 해본 적이 없었다. 많고 많은 인물 중, 왜 특히 제갈량 한 사람만을 바라본 것일까? 이런 것을 보면, 운명적인 만남이라는 것이 실제로 존재하기는 하는 모양이다. 다만, 내가 어렵다면서도 삼국지를 읽은 것이 단순히 제갈량 때문만은 아니었다. 그 시기, 아킬레스건 수술에 이어서 또 한 번의 시련이 나에게 다가왔기 때문이다.

열 살이 된 지 며칠 지나지 않아 수술했던 다리는 그로부터 6개월이 지난, 2015년 7월이 되어서야 비로소 일정 부분 본인의 임무를 다시 하기 시작했다. 거른 날이 거의 없이 눈물을 흘려대며 연습했던 재활 치료가 궤도를 찾아가기 시작한 것이다. 수술 후 처음 섰을 때처럼 다리를 부들부들 떨지 않고, 금방이라도 픽 쓰러질 것 같은 위태로움에서 벗어나기까지 얼마나 많은 땀과 눈물을 흘렸는지 모른다. 이해하지 못할 수도 있겠지만, 나는 고작 10분을 서 있기 위해 땀으로 샤워를 해야 했고, 그마저도 잘되지 않아 6개월이라 시간이 소요되었다. 다시 보행하기 시작한 것이 2015년 7월. 나는 6개월 만에 혼자만의 힘으로 발을 뗴었다. 감격스러운 순간이었다.

다시 걷기 시작했는데, 또 다른 시련이 찾아왔다는 말이 무엇인지 궁금해할 사람도 있을 것 같다. 할 말은 매우 많지만, 핵심만을 이야기하자면 이것이다. 척추측만증이 와버렸다는 것. 척추측만증이란, 말 그대로 허리가 휘는 상태를 말하는데 보통 근력이 없는 이들에게 잘 찾아온다. 근력을 이용하여 바른 자세로 허리를 버티고 있어야 하는데, 버틸 근력이 없는 근육 질환 환자는 바른 자세를 유지하지 못하고 척추가 휘어버리는 것이다. 나 역시 같은 이유로 수술 후 척추측만증이 찾아왔다.

더구나 수술 이후 근 6개월을 앉아만 있어야 했다. 일어서서 활동할 만한 상태가 되지 못했기에 온종일 앉아 구부정한 자세로 컴퓨터를 보는 것이 일상이었는데, 바로 그게 척추측만증을 불러온 기폭제가 되었다. 원래 척추측만증은 앉아 있을 때 가장 많이 발생하곤 한다. 구부정한 자세로 앉는다면 발생률은 더 높아지고 말이다. 그런데 다름 아닌 내가 척추측만증 발생 요인을 몽땅 가지고 있었던 것이다. 내가 컴퓨터 본체에 들어갈 기세로 눈에서 레이저를 뿜어댈 때면, 엄마는 이렇게 말하곤 했다.

"수빈아, 허리 펴. 바르게 앉아."

"왜?"

나는 컴퓨터에서 눈을 떼지도 않은 채 대답했다. 듣는 둥 마는 둥 하는 것이다.

"너, 이렇게 있으면 허리 다 휜다."

"어, 어."

"허리가 휘어버리면 어떻게 되는 줄 알아? 걷는 것도 못 할 수 있어. 걷지 못하면….."

이쯤 되면 이미 내 귀에 엄마 말은 들리지 않는다. 엄마가 말을 하든 말든 나는 컴퓨터라는 세계에 몰입하여 거들떠보지도 않았으니까. 좋은 소리도 한두 번이라는데, 듣기에 그리 좋지도 않은 소리를 열댓 번도 넘게 반복하니 엄마의 말이 잔소리로만 들렸고, 귀에 닿는 대로 소멸시켜버렸다. 엄마의 잔소리가 내 고막으로까지 오게 놔두지 않은 것이다. 당시의 나는 어련히 알아서 할 텐데 앵무새처럼 같은 말을 반복하는 엄마가 귀찮아서 괜한 반항을 했던 것 같다. 허리를 펴라는 엄마의 말을 들을 때면 보란 듯이 외려 더 엉망으로 자세를 취하고는 했다. 당연히, 그러한 반항 뒤에는 더 화가 난 나머지 몇 곱절은 더 커진 엄마의 잔소리가 뒤따랐다.

'흥! 허리 좀 휘어지면 어때? 허리가 틀어져서 못 걷는다고? 말도 안 돼!' 그렇게 생각했다. 그냥 엄마가 겁주려고 하는 말인 줄로만 안 것이다. 그런데 엄마는 이미 그때부터 다 예견하고 있었던 것 같다. 일어나지도 않은 미래의 일을 정확히 알아내다니. 그것이 부모의 힘인 것일까? 엄마가 수없이 경고했던 일이 현실로 다가왔다. 심지어 현실로 다가오는 데 미처 몇 개월 걸리지도 않았다. 다시 걷기 시작하고 한 달쯤 지났을까, 아직 무더위가 가시지 않은 8월에 우리는 정형외과에서 또 한 번 충격적인 진단을 받았다. 척추측만증 때문에 보조기 착용이 불가피하다는 것이었다.

　허리 보조기는 허리가 더 틀어지는 것을 막게 하는 기구이다. 석고로 본을 떠서 내 몸에 맞게 맞추는 것인데, 이것을 착용하고 허리가 더 틀어지지 않게 주의를 기울여야 한다. 글로 간단하게 적으니 정말 별것 아닌 것 같지만, 전혀 그렇지 않다. 적응하기까지의 여정이 무척이나 험난한 보조기라고 할 수 있겠다. 정말이지 단단하게 마음먹고, 이 악물고 시작하지 않으면 웬만해서는 보조기와 친해지기 힘들다.

　괜찮겠지 하며 가벼운 마음으로 보조기를 착용해보았던 첫날, 숨이 막히는 것 같은 답답함을 경험해야 했다. 보조기의 소재는 석고라고는 하지만 플라스틱이었다. 부드럽지도 않고 둔탁한 느낌의 플라스틱이 나의 허리를 감싸고 있다면 얼마나 답답하겠는가? 또 한 가지 치명적인 불편함이라면 말도 못 하게 덥다는 것이다. 플라스틱을 두르고 있는 것이니 더운 게 당연하지만, 그걸 감내해야 하는 당사자는 죽을 맛이 아닐 수 없다.

"엄마, 이거 못하겠어. 힘들어."

보조기는 낮보다는 밤에 해야 효과가 확실하다고 한다. 하지만 나는 끝내 밤에 보조기를 착용하지 못했다. 착용한 상태에서 잠을 자야 하는데, 불편해서 도무지 잠이 안 오는 것이다. 결국, 밤에는 절대로 보조기를 못 하겠다며 칭얼거리는 바람에 엄마도 내 고집을 꺾지 못했다. 게다가 보조기를 차며 불편해서인지 나는 온종일 엄마에게 짜증을 내고는 했다. 그걸 받아주느라 지쳐버린 엄마도 "그럼 하지 마! 빼!" 하고 덩달아 화를 냈다.

아마 엄마도 속상해서 그랬을 것이다. 이제 조금 회복해서 좀 괜찮아지려나 기대하는 찰나에 또 다른 문제가 생기니 속이 남아났을 리도 없고, 힘들어하는 딸을 보며 안쓰럽기도 했을 것이 아닌가. 하지만 당시 열 살이었던 나는 엄마의 마음을 헤아릴 수도, 불편함을 감수하고서라도 내 몸을 위해 보조기를 하고 잘 만한 의지력도 없었던 어린아이였던 것 같다. 홧김에 언성을 높이며 보조기를 빼버리라는 엄마의 목소리를 듣고서도, 그저 기뻐하며 보조기를 벗어던지고 편하게 꿈나라에 빠져들었으니 말이다.

어떻게 해서든지 보조기를 안 하려는 나와 조금이라도 하게 하려는 엄마, 우리 모녀는 본격적으로 갈등을 겪기 시작했다. 수술하기 전만 하더라도 부모님의 말씀이 다 옳기에 무조건 들어야 한다고 생각했던 착하디착한 딸은 이미 사라진 지 오래였고, 그 자리에는 반항심 넘치는 말 안 듣는 딸이 남아 있을 뿐이었다. 나는 엄마가 주는 사랑의 잔소리를 침묵으로 일관했고, 어떻게 하면 이 힘든 보조기를 안 할 수 있을지 꾀부리기에 바빴다. 자식 이기는 부모 없다고 했던가? 엄마는 힘들다는 딸의 말을 이기지 못했고 결국, 보조기를 차는 시간은 줄어만 갔다. 내 기억 속에도 의사가 중요하다고 재차 강조했던 보조기를 차고 잠든 기억은 거의 없다. 밤은커녕 낮에도 기껏해야 몇 시간도 차지 않았으니까.

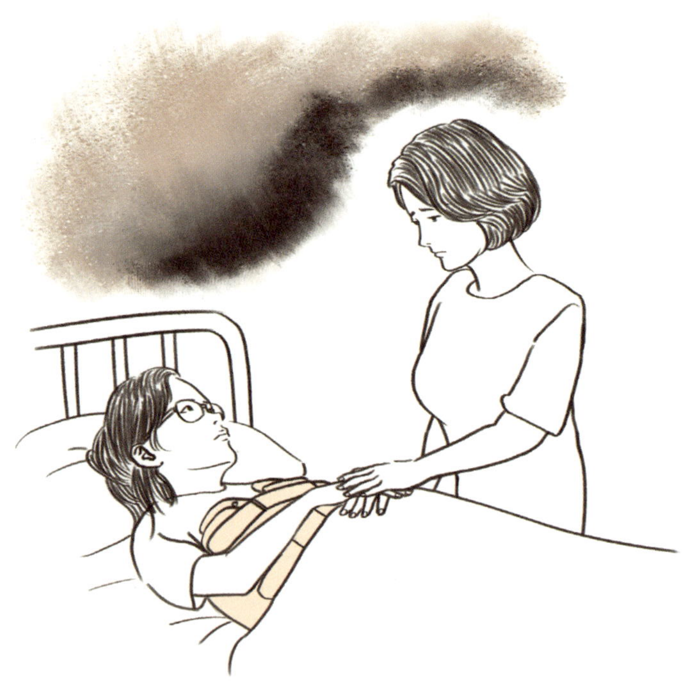

물론, 보조기를 잘 차야 한다는 말을 직접 내 귀로 들었기에 보조기를 안 차려고 슬슬 피해 다니면서도 '이래도 되나?' 하는 의문이 항상 들었다. 마음속으로는 '이러면 안 되는데. 엄마가 허리 휘면 안 된댔는데…. 더 안 휘게 하려면 이거 차야 한댔는데…' 하는 생각이 전등의 불빛처럼 '번쩍!'하고 들었지만, 나는 그러한 생각을 눌러버리고 감추려 했다. 해야 한다는 걸 알면서도 그 사실을 외면하며 '모르쇠'로 일관했다. 이성이 본능에 지고 만 것이다. 누누이 들었던 보조기의 필요성이 생각날 때마다 '나는 아직 어리니까 괜찮아. 아직 뼈도 안 굳었고 유연해서 허리가 휜대도 금방 나을 수 있어. 이 보조기 한다고 허리가 안 휘는 건 아니잖아? 비싸기만 할 뿐, 별로 쓸모도 없는 보조기야.' 등등 자기 합리화를 쉼 없이 반복했다.

"조수빈! 너 보조기 안 찰 거야?"

"안 차!"

새해가 되어 열한 살이 되었지만, 보조기와의 전쟁은 끝날 줄을 몰랐다. 결국, 나의 완강한 고집에 한 수 물러난 엄마는 나에게 타협안을 제시했다. 정 그렇게 불편하다면, 아침에 등교할 때까지만 찼다가 학교에서는 벗어놓고, 방과 후가 되면 계속 차라는 것이었다. 사실 나는 방과 후고 뭐고 간에 그저 24시간을 보조기 없이 지내고 싶었다. 하지만 지난 몇 개월간 엄마로부터 보조기의 중요성을 귀에 인이 박이도록 들은 데다, '보조기가 대체 무슨 쓸모가 있지?'라고 생각하면서도 내심 보조기의 효과가 조금은 있다는 걸 스스로 느끼고 있었기에, 그것마저 거부할 순 없었다. 아니, 거부하고 말고는 내 권한이 아니었다. 그것이 엄마의 최후의 보루였다. 이 이상으로 내 의견에 맞춰주는 것은 엄마의 선택지에 존재하지 않았다. 어쩔 수 없이 엄마의 제안을 받아들인 나는 학교에 있는 시간과 잠자는 시간을 뺀 나머지 시간에는 보조기를 착용했다.

"나는 소가 도살장에 끌려가듯 보건실에 가서 악몽의 보조기를 해야 했다."

그 당시 내가 일기장에 적어 놓은 문장이다. 보조기는 학교 보건실에 맡겨져 있었으므로, 나는 매일 종례를 마치고 보건실에서 보조기를 찬 뒤 하교해야만 했다. 열한 살짜리 아이가 '악몽'이라는 수식어를 붙여놓은 것만 보더라도 당시의 내가 보조기에 얼마나 치를 떨었는지 알 만하다. 이렇게 보면 그래도 꽤 많은 시간을 보조기와 함께한 것 같지만, 실상 시간을 따져보면 절대 그렇지 않았다. 말만 그랬지, 사실 이런저런 핑계로 안 하고 넘어갔을 때도 많았던 기억이 난다.

처음에 보조기를 착용해야 한다고 했던 시간과는 비교도 할 수 없이 짧은 시간 동안만 보조기를 찼어도, 나는 그 시간이 언제나 많다고 생각했다. 안 하려고 하다가 아예 안 할 순 없다는 걸 깨달은 이후에는 '조금이라도 편하게 찰 방법'을 물색했다. 몇 날 며칠 보조기를 찬 상태에서 이리저리 움직여본 결과, 내가 발견해낸 '최대한 편하게 보조기를 차는 방법'은 바로 왼팔 견갑골을 보조기 위에 걸치는 것이었다. 견갑골은 척추동물 어깨 부위에 있는 큰 뼈인데, 사람은 세모꼴이다.

보조기를 하면 꽉 쪼이니 답답한 것이 제일 불편했지만, 왼팔 역시 못지않게 불편했다. 보조기의 끝이 왼쪽 어깨에 걸린 탓에, 그 불편함을 해소하고자 아예 어깨를 보조기 끄트머리 위쪽으로 들어서 걸쳐버린 것이다.

불편함이 모두 해결되진 않았지만, 그래도 어느 정도 해소되었기에 나는 내가 힘들지 않을 자세를 찾았다고 자화자찬했다. 그러나 그 자세가 몸에 편하기는 했지만, 틀어진 자세를 교정하는 데에는 도움이 되지 않았다.

그걸 알게 된 것은 어느 날 내 어깨를 보며 고개를 갸웃거리는 재활 치료 담당 선생님의 말씀 덕분이었다. 기능적인 퇴화는 아니었지만, 뼈 위치가 이상해졌다는 것이다. 하지만 나는 '뼈 위치가 달라지면 뭐 얼마나 큰일이 난다고?' 하는 안일한 생각으로 주변의 우려도 아랑곳없이 꿋꿋하게 내 몸이 편한 그 자세를 이어나갔다. 보조기를 찰 때면 언제나 왼쪽 견갑골을 들어 어깨를 보조기 위에 걸치고 다닌 것이다.

그러던 어느 날, 보조기와 옷을 모두 벗고 서 있는 나를 보고 엄마가

기겁하며 목소리를 높였다.

"너, 자세가 이상해졌어! 이게 뭐야? 오히려 보조기를 차기 전보다 더 휘어버린 것 같아. 엄마가 왼쪽 팔 보조기 위로 걸치지 말랬지!!"

이미 엄마 잔소리에 대처하는 방법을 체득한 열한 살은 '잔소리 언제 끝나나….' 하며 고막 한쪽으로 들어온 엄마의 말을 곧장 반대쪽 귀로 내보내버렸지만, 엄마는 무척이나 심각하기 그지없었다. 아빠를 소환해서는 내 몸 좀 보라고 하더니 한바탕 걱정 주머니를 풀어놓은 것이다. 나는 엄마의 잔소리를 일축해버렸지만, 사실 그때 나의 몸매는 심각했다. 원래 증세가 옆으로 휘는 것이었다면, 이제 앞뒤로까지 휘기 시작한 것이다. 한마디로, 옆으로 허리가 틀어진 상태에서 배가 앞으로 나왔다고 하면 되겠다. 배가 앞으로 나와버리니 허리 역시 같이 앞으로 갈 수밖에 없었고, 그 결과 나의 몸은 S 자로 휘어버리고 말았다.

앞으로 튀어나온 허리에 굴곡이 생겨 그 안에 공 하나를 넣어도 될 것 같은 자세가 되었으니 엄마가 오죽 놀라고 심각했겠는가. 아빠 역시 무거운 표정으로 나의 몸을 보았다. 허리가 휘어지는 것을 막으려다가 오히려 더 상태가 악화된 상황. 이는 보조기를 제대로 하지 않고 엉망진창인 자세로 불성실하게 착용한 나의 책임이 가장 크지만, 보조기 본연의 문제점도 어느 정도 지분이 있다.

보조기는 말 그대로 더 악화되는 것을 막기 위해 착용하는 의료 기구다. 이것을 착용하면 분명 척추측만증에 도움은 되지만, 부작용도 무시할 수 없다. 건강한 아이들이라면 보조기를 차더라도 문제 될 것이 딱히 없을 것이다. 건강한 만큼 허리의 힘으로 버틸 수 있으니까 말이다. 하지만 기저 질환 특히, 근육 질환이 있는 아이들에게는 허리를 버티고 있을 만한 힘이 그리 많지 않다. 보조기가 허리를 꽉 고정하고 있기에 절로 보조기에 의지하여 허리의 힘이 빠지는 것이다. 나 역시 마찬가지였다. 보조기 착용으로 허리의 힘이 점점 떨어지기 시작하였는데, 그나마 허리를 고정해줄 보조기도 들쑥날쑥하게 차면서 보조기를 착용하지 않은 사이 힘이 약해진 허리가 제멋대로 휘어버린 것이다. 내 몸이 S 자 모양으로 휘어진 것은 그 영향이 상당했을 것이다.

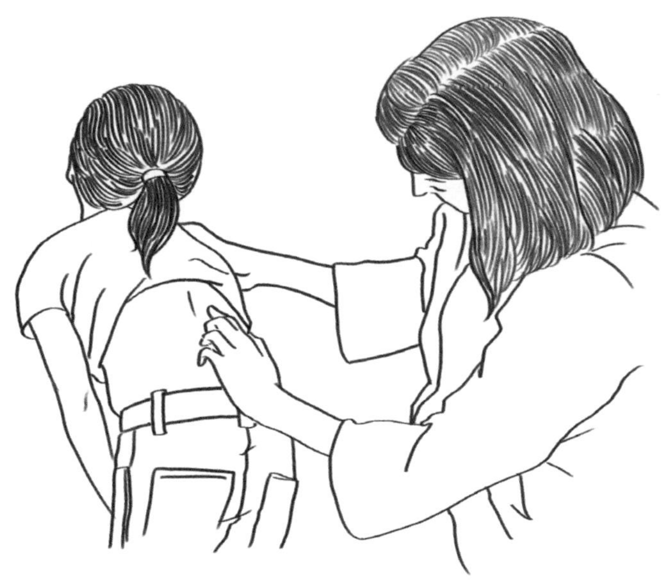

몸이 그리 이상하게 휘어진 상황에 걷는 것이 성할 리 없었다. 수술 후 어렵사리 다시 걸었던 나의 몸은 몇 개월 되지 않아 퇴행하기 시작했다. 처음에는 혼자 걷는 게 벅찼다. 그래서 주변 사람들의 부축을 받으며 걸어 다녔다. 이후에는 걷는 것 자체가 어려워지기 시작했다. 옆에서 잡아줘도 힘든 지경에 이르자, 보다 못한 엄마가 살신성인하고 나섰다.

옆이 아닌 뒤에서 나를 잡고 내 걸음걸이에 맞춰 걸은 것이다. 뒤에서 잡고 뒤뚱뒤뚱하다시피 걷는 우리 모녀의 모습이 다른 사람들 눈에는 어찌 보였을까. 아마도 우스꽝스러웠을 것이다. 엄마도 썩 하고 싶지는 않을지 모르지만, 그래도 내가 '무조건 땅을 밟아야 한다'는 것을 직감한 모양이다. 2016년 여름, 이렇게 해서라도 나를 걷게 하겠다며 가만히 있어도 땀이 흐르는 그 땡볕에 우리 모녀는 그렇게 등교하곤 했다.

하지만 뒤에서 잡아서라도 조금이나마 걸었던 그 시절도 지나고 보니 참 짧았다. 서서히 날이 선선해진다 싶을 무렵, 나는 걷는 것은 둘째치고 서 있는 것마저 힘들어지고 있었다. 위기감을 느낀 엄마는 나를 다그쳐가며 억지로 서 있는 연습을 시켰고, 나는 마지못해 따랐다. 하기 싫은 서 있기 운동을 할 때 나의 표정이 어떠했는지 거울을 본 적은 없지만 알 것 같다. 말 그대로 오만상이었으리라.

생각해보면 불과 1년 전, 수술 직후 재활을 할 때는 내가 목표한 시간을 채우기 위해 땀 한 바가지를 쏟아내는 일도 마다하지 않았었다. 힘들면 하지 말라는 엄마의 말을 뿌리치고 눈물을 흘려가며 어떻게든 목표에 도달하려고 노력하지 않았던가. 그런데, 1년이 지난 후의 나는 어떻게든 운동을 하지 않으려 노력했다. 열심히 운동한 것도, 운동하지 않으려 꾀부린 것도 모두 나의 과거 모습이건만, 왜 고작 1년이라는 시간 만에 내 태도가 이리도 돌변한 건지 나 자신도 모를 일이다. 나는 내 몸이 그리 나빠 보이지 않는데 엄마가 자꾸만 심각하게 말하며 겁을 주니 그것에 대한 반항심이었을까. 아니면 다른 사람들은 모두 편하게 사는 것 같은데 나만 이런 운동을 해야 한다는 생각에서 오는 짜증이었을까.

운동하는 시간에 반비례하여 신체 능력은 갑절로 퇴화하던 시기가 바로 11살 말엽이었다. 마침내 내 피부에 와닿을 만큼 신체 기능이 떨어지자, 나는 그제야 조금 심각성을 인지했던 것 같다. 하지만 그나마도 나를 정신 차리게 하기에는 한없이 부족한 깨달음이었다. 나는 몸의 퇴화를 느끼면서도 '곧 좋아지겠지, 잠시 이러다 말겠지, 이 정도는 괜찮겠지.' 하며 또다시 자기 합리화를 시전하고 있었다. 그것이 열한 살 어린아이의 한계였을까? 아니다, 그렇게 생각하지 않는다. 내가 조금만 더 노력하고, 노력할 만한 의지력이 있었더라면 나의 몸은 전혀 다른 방향으로 변했을 것이다.

엄마 말을 듣고 열심히 운동했더라면,

힘들다고 빼먹지 말고 악으로 깡으로라도 보조기를 제대로 찼더라면,

수술 후 구부정한 자세로 컴퓨터를 하지 않았더라면,

애초에 수술 자체를 안 했더라면….

수술한 지 어느새 7년이 지났다. 시간은 쏜살같이도 지나갔다. 그렇기에 나는 요즘도 종종 생각하곤 한다. 지나간 날들이 아쉬워서, 지금 시간을 되돌린다면 그때보다 더 나은 선택을 할 것 같은 마음이 드는 것이다.

사실 당시 우리가 했던 선택들 즉, 아킬레스건 수술을 하고 보조기를 맞춘 것들이 모두 당시의 우리에게 최선이라 생각한 것들인데도 가끔은 정말 간절하게 시간을 되돌리고 싶다. '수술이 문제였어. 나는 보통 아이가 아니었는데…. 근육 질환이 있어서 수술 후 한동안 움직이지 않고 앉아만 있으면 근력도 다 빠지고 척추측만증이 온다는 걸 예상조차 하지 못했어. 그냥 물리치료로 발이 안으로 돌아가는 걸 고쳤어야 했는데…. 몸에 칼을 대는 것이 아니었는데….' 하는 생각들이 꼬리에 꼬리를 물고 이어질 때면 나도 모르게 우울해지고 철없이 나를 수술시킨 부모님을 원망하고 만다.

"하…. 그때 수술을 하지 말았어야 했어."

"그러게…. 수술만 하지 않았어도…."

"둘 다 그만해! 이미 지나간 일 꺼내서 뭐 할 거야?"

속상할 때 엄마와 내가 7년 전 일을 되새김질하며 넋두리하노라면, 아빠는 늘 그렇게 말했다. 후회해봤자 이미 지난 일인데 인제 와서 뭘 어쩔 거냐고. 아빠의 말이 백번 맞다. 아킬레스건 수술은 이미 한참 전에 지나간 일이다. 화가 나고 힘들어서 괜히 수술했다고 투덜거리기는 했지만, 분명히 수술은 우리가 선택한 일이었다. 선택했으면, 응당 선택에 뒤따르는 일들에 대한 책임을 져야 할 것이 아닌가? 누군가 강제해서 이루어진 수술이 아닌, 우리 스스로 내린 결정이니까 말이다.

한순간의 선택이 **기쁨**이 되기도, **슬픔**이 되기도 한다. 어떤 방향으로 갈지 예상할 수 없기에, 그 순간에는 그저 이해득실을 따져 조금이라도 자신에게 도움이 될 만한 것을 택하는 것이 최선이리라. 조금 과장하여 한 번의 선택이 인생을 좌우할 때도 있기에, 나는 이 책을 읽는 독자들에게 무언가를 선택할 때 최대한 차분하게, 충분히 알아보고 결정하라고 당부하고 싶다.

인생은 선택의 연속이라는 말이 더욱 와닿는 순간이다.

05

무너지고　일어나고

　엄마와 나의 갈등을 불러일으켰던 보조기는 결과적으로 내 몸을 더 휘게 만들어 득보다는 실이 되었고 결국, 화가 난 엄마에 의해 아파트 재활용 쓰레기장에 버려지는 신세가 되고 말았다. 생각하자면 좀 미안하

기는 하다. 보조기는 그저 의료 기기였을 뿐인데 말이다. 틀어진 내 몸이 좋아지도록 제작된 기구 그 이상도 그 이하도 아니었는데, 본연의 역할을 제대로 못 하고 미움만 잔뜩 받다가 결국엔 쓰레기장 신세를 지게 됐다.

하지만, 나는 보조기가 사라졌다는 사실이, 더는 엄마와 전쟁을 치르지 않아도 된다는 사실이 너무나 기쁘기만 했다. 오죽했으면, 학교에 가자마자 담임 선생님을 붙잡고 '엄마가 보조기를 버렸다'고 말했을 정도였다. 민망한 이야기가 아닐 수 없다. 내 몸에 좋자고 맞춘 보조기를 제대로 활용도 못 하고 버리면서 자랑하듯이 말을 하였으니 말이다.

보조기를 버리면서 엄마와 나의 갈등은 다소나마 소강상태에 이르렀던 것으로 기억한다. 아니, 어쩌면 엄마가 더는 고분고분하지 않은 열한 살짜리 딸을 보며 일정 부분 내려놓은 걸지도 모른다. 엄마는 틈틈이 운동하라는 말만 할 뿐, 특별히 내가 듣기 싫어할 만한 말은 거의 하지 않았다. 당시에는 전혀 모르고 지나갔던 것인데, 이제야 엄마의 심정이 어떠하였는지 조금이나마 읽어지는 것 같다. 이것이 내가 크고 있다는 증거인가. 엄마의 마음을 더 일찍 알았으면 좋았으련만, 안타까움에 입안이 쓰다.

하지만 초등학교 4학년이 엄마의 심정까지 온전히 헤아리기에는 다소 벅찬 감이 있다. 게다가 나는 나대로 가슴앓이하고 있었으니, 더더욱 엄마가 눈에 보이질 않았고 마음에 들어오질 않았다. 매사에 구김살 없고 씩씩했던 내가, 반 아이들이 쳐다보는 줄도 모르고 신나게 강남스타일에 맞춰 춤을 추었던 내가 이제는 남들 시선을 의식하기 시작했다. 다른 사람과 내가 다르다는 것을 알고 이를 내심 부끄럽게 느끼기도 했다. 엄마 아빠가 알았더라면, 더 마음 아파했을 일들을 나는 학교에서 겪고 있었다.

학교에 있는 내내 나는 친구들과 도통 어울리지 않았다. 처음부터 그 랬던 것은 아니다. 1, 2학년 시절에는 여자아이들과 스스럼없이 말을 하고 보드게임도 하는 등 적극적이지는 않았어도 곧잘 어울리곤 하였으니까. 그러던 내가 갑자기 친구들에게서 거리를 두게 된 이유를 찾자면, 이 번에도 아킬레스건 수술이다. 모든 일의 원인은 아킬레스건 수술인가 싶기도 하다. 지금 '내가 그때 왜 그랬지?' 하고 과거를 거슬러 올라가 곰곰 생각해보면, 아킬레스건 수술이 원인이 된 게 상당수였다. 그러니 수술한 것을 거듭해서 후회하고 연방 한숨을 내쉬게 될 수밖에 없었다. 어느 순간부터 친구들 무리에 끼려고 하지 않고, 쉬는 시간에도 자리에 만 앉아 있는 나에게 선생님이 물으셨다.

"수빈이는 왜 친구들하고 안 노니?"

이 한 문장의 질문에, 나는 아이들 사이에 끼지 않는 이유에 내해 구절절 늘어놓고 싶어졌다. 이유 없는 행동은 없다. 나 역시 마찬가지다. 여러 이유 중 가장 큰 이유 두 개를 꼽자면, 우선 나의 상태를 자각했기 때문이다. 사실 수술 전만 하더라도 나는 다른 아이들보다 걷는 게 부자연스럽다는 점만 빼면 크게 다를 바 없었다. 그래서 장애아라는 것을 인식하지 않고 지냈다. 하지만 수술 이후에 휠체어를 타고 등교할 때면, 걸어서 심지어 뛰어서 등교하는 아이들이 새삼 부러웠고 신기했다. 그러면서 '아, 맞다. 나는 못 걷잖아…' 하며 내 처지를 다시 한번 실감하곤 했다. 이전보다 더 많은 도움이 필요로 하는 상황이 낯설었다.

학교에서 선생님이 나를 도와주거나, 다른 아이들에게 "얘들아, 수빈이 좀 도와줄래?" 하는 등의 말씀을 하실 때면 하고 구시렁거렸다. 웃기는 것은, 그리 구시렁거리면서도 도움받을 건 모두 받았다는 것. 툴툴대긴 했지만 도움받는 게 많다. 받아보니 곧 내가 해야 할 일이 줄어들고, 그만큼 내가 편해지니 너무 좋은 것이다. 그래서 3학년 학기 초만 해도 도움받는 것을 매우 못마땅하게 여기던 나는, 점점 도움을 당연시하게 된 것 같다.

겉으로는 “나 혼자 할 수 있어요. 도와주지 않아도 돼요.”라고 말하면서 막상 속으로는 그 누구보다 도움을 받길 원했던 것이 아니었을까. 당연히 내가 해야 하는 일들도 장애인이라는 핑계로 남들이 해주길 바란 것이 아닐까? 자문자답을 해보지만, 나조차도 내 마음이 정확히 어떠했는지 딱 부러지게 설명할 길이 없다. 아니면, 알고 있으면서도 과거 나의 철없는 생각이 민망해서 모르는 척하는 것일 수도 있고, 열 길 물속은 알아도 한 길 사람 속은 모른다더니, 내 마음이 어떤지도 긴가민가한 지금의 나에게 딱 어울리는 표현이 아닐까.

도움받는 것을 싫어하면서도 한편으로는 내심 도와주기를 바랐던 3, 4학년 시절, 들쭉날쭉 마음이 마구 요동치던 나는 때로는 다른 아이들과 다른 나를 실감하고 우울해하기도 하고, 다른 아이들과 다르니까 당연히 도움을 받아야 한다는 생각을 하기도 했다.

삼한사온처럼 내 심경도 시시각각 변하고 있었다.

‘빨리 건강해져서 다른 아이들처럼 생활하고 싶다.’

‘아니야. 건강해지면 다 나보고 알아서 하라고 할 텐데? 차라리 이것 저것 도움받는 지금이 더 나아.’

두 마음이 왔다 갔다 하며 변덕을 일으켰지만, 그러면서도 흔들리지 않고 확고했던 생각 하나가 있었다. 바로 ‘친구들은 별로 소용이 없다’는 것이었다.

“얘들아, 수빈이 좀 도와줘~”

담임 선생님은 바쁘실 때면 종종 이렇게 말씀하시곤 했다. 선생님 말씀이 떨어지기 무섭게 몇몇 여자아이들이 달려왔고, 선생님은 그중에서 가장 미더워 보이는 아이에게 나를 맡겼다. 선생님은 여러 일로 바쁘셨기에 어쩔 수 없이 아이들에게 부탁한 것이었지만, 그렇게 아이들이 나를 도울 때면 되도록 피하고 싶다는 생각이 먼저 들었다. 친구들은 나를 도우려는 마음에 나선 것이겠지만, 그 마음이 실제로는 도움이 되지 않을 때가 많았기 때문이다.

일례로 음악 수업을 위해 음악실로 이동해야 할 때였다. 담임 선생님은 평소 나에게 관심이 많았던 여자아이에게 내 휠체어를 맡기고 음악실까지 밀고 가라고 하셨다. 선생님께서 분명 ‘휠체어는 위험하니 살살 밀어야 한다’고 당부하였지만, 여자아이는 처음으로 휠체어를 밀어봐서 재미있었는지 마구 뛰기 시작했다. 그 휠체어에 탔던 나는 이러다가 어디 부딪히기라도 할까 봐 간이 콩알만 해졌던 경험이 있다. 아마 그 친구는 당시의 내가 어떤 기분인지 잘 몰랐을 것이다.

*"너무 빨라! 조금 천천히 밀어!"*라고 소리를 질렀지만, 안중에도 없이 계속 뛰어다니는 친구를 체념할 수밖에 없었다. 덕분에 거의 혼이 빠져나다시피 한 상태에서 음악 수업을 시작했던 기억이 난다. 그러한 경험 이후에 나는 친구들이 휠체어를 밀어주겠다고 하면 덜컥 겁부터 집어먹었다. 그래서 친구들보다는 선생님의 손길을 좋아했던 것 같다.

또, 내가 땀을 뻘뻘 흘리며 등하교할 때면 꼭 달라붙어서 "수빈아, 같이 가자!"라고 외치는 아이들이 있었다. 일란성 쌍둥이 형제들이었는데,

동생은 나와 같은 반이었고 형은 반이 달랐다. 그런데도 두 형제가 똑같이 나를 챙겨주고 싶어 했고, 같이 손을 잡고 등하교를 하자고 했다. 하지만, 당시의 나는 친구의 보폭에 맞추어가며 등하교를 함께 하는 것이 어려운 상태였다.

그 아이들도 나름대로 나를 위해서 천천히 걸었겠지만, 아무리 천천히 걸어도 그 속도를 따라가려면 숨이 턱에 닿도록 뛰어야만 했다. 차라리 혼자 걸었다면 이렇게까지 힘들지는 않았을 텐데, 친절이 오히려 내게는 힘듦으로 다가오는 순간이었다. 그래도 나를 도와주고 싶어 하는 착한 마음에서 비롯된 행동들이었기에 불만을 표출하지는 못했다.

아이들은 내 옆에서 돕는 것이 나를 위한 배려라고 생각한다. 그 마음이야 갸륵하지만, 진심으로 알려주고 싶었다. 너희가 돕겠다고 나서는 건 도움이 아니라 외려 방해라고. 나는 어른들이 훨씬 더 잘 해주시기 때문에 너희들의 도움은 그다지 쓸모가 없다고. '가만히 있는 게 도와주는 것이거늘, 아이들은 왜 그것을 모르는 것일까?'

이외에도 학교에서 쉬는 시간에 조용히 책을 읽고 싶은데 달려와 말 거는 아이들이 몇몇 있었다. 물론 그 아이들 역시 혼자 있는 나를 보고, 같이 놀아줘야겠다고 생각했을 것이다. 하지만 아무리 의도가 좋았다고 해도, 상대방이 불편함을 느낀다면 친절이라고 보기 어렵다고 생각한다. 나는 조용히 휴식을 취하고 싶었지만, 다가와서 말을 거는 친구들 때문에 방해를 받은 것이다. 그래서인지 친구들을 향하는 말이 점점 쌀쌀맞아지기도 했다.

게다가 아이들과 대화를 할 때면, 몇 마디 지나지 않아 "뭐라고 했어?"라는 말이 여러 번 오갔다. 내 발음이 좋지 않았던 탓이다. 갓 말이 트일 무렵부터 나의 발음은 불분명했다. 코맹맹이 소리도 아닌 것이 알아듣기 힘든 발음을 내뱉었고, 그러한 이유로 가족처럼 가까운 관계가 아닌 이상 사람들은 내 말을 잘 해석하지 못했다.

한집에 사는 부모님도 잘 못 알아들은 나머지 똑같은 말을 서너 번씩 해야 할 때도 있었고, 심지어 내 동영상을 볼 때면 나조차도 영상 속의 내가 무슨 얘기를 하는지 못 알아들을 지경이다. 그러한데 친구들이 내 말을 얼마나 잘 알아들었겠는가. 거기다가 아이들인지라 친구들에겐 내가 하는 말을 집중해서 잘 들어줄 만한 인내력도 딱히 없었다. 자연히 소통에 불편함이 생길 수밖에 없었다.

무엇을 하든지 소통이 원활해야 하는 법인데, 필수 조건인 의사 전달이 제대로 이루어지지 않으니 똑같은 말을 몇 번씩 반복하는 것이 힘들었다. '쟤가 대체 뭐라고 하는 거지?' 하고 생각했을 친구 역시 나와 소통하기가 힘들었을 것이다. 그렇게 나와 친구들은 차차 서로 멀어졌던 것 같다.

의사소통의 불편함, 이것이 내가 친구들과의 놀이에서 떨어져 나와 홀로 지내는 것을 자처한 두 번째 이유였다. 친구들과 다른 나의 모습을 직면하는 것도 싫었고, 불편한 친절을 받는 것에도 지쳤고, 서로 대화가 원활하지 않은 것이 가장 힘들었다. 그래서 마침내 4학년 2학기가 시작될 무렵 즈음에서는 나는 거의 홀로 시간을 보냈다.

선생님은 아이들이 왁자지껄 노는 동안 자리에서 글 쓰고 책만 읽는 내가 꽤 안쓰러우셨던 것 같다. 매번 나에게 혼자 있지 말고 친구와 놀라고 권유하시곤 했다. 그럴 때마다 나는 앵무새처럼 같은 말을 반복했다.

"친구들하고 노는 것보다 혼자 있는 게 더 좋아요."

"혼자 있으면 심심하잖아."

나 스스로 외톨이가 되는 것을 선택했지만, 때때로 아이들이 부러울 때가 있었다. 같이 놀자고 말할 생각은 없지만, 그래도 종종 같이 놀고 싶은 마음에 친구들이 노는 모습을 유심히 관찰하곤 했다. 선천성 백내장 때문에 교정시력도 안 나올 만큼 시력이 안 좋은데도 희한할 정도로 아이들의 즐겁게 노는 모습은 내 눈에 생생히 보였다. 내가 평범한 아이들을 부러워하고 있었기에, 그 모습들이 더 잘 보였던 것이 아닌가 싶다.

'나도 같이 놀고 싶다….' 하지만 그런 말을 하기에는 왠지 자존심이 상했다. 그동안 혼자인 게 좋다고 말하고 다니다가 외로운 티를 내면 지는 것 같은 생뚱맞은 감정이 든 것이다. 그래서 나는 짐짓 아무렇지 않은 적 읽던 책을 집어 들었다.

"괜찮아. 나에게 친구는 없지만, 공명 선생님이 있어."

라고 대답한 후 눈을 돌려 집었던 만화책을 바라보았다. 표지에 그려진 제갈량이 마치 나를 향해 웃는 것 같아 기분이 좋아졌다.

공명(孔明)은 제갈량의 자(字)이다. 옛날 사람들은 성인의 이름을 함부로 부르는 것을 매우 무례하다고 생각하였기 때문에, 15~20세 사이에 성인식을 치르면서 앞으로 이름 대신 쓰일 자를 지었다. 그것은 비단 중국뿐 아니라 우리나라 역시 마찬가지였다. 본명이 있음에도 이름보다 자인 공명이 더 유명한 제갈량. 나 역시 삼국지를 막 읽었을 때는 그를 '공명 선생님'이라고 불렀는데, 그냥 '공명'이라고 하지 않고 뒤에 '선생님'이라는 말을 붙일 정도로 나는 그를 마음에 들어 했다. 아니, 마음에 들어 하는 정도가 아니라 아예 흠모하기 시작했다.

15년 9월부터 아빠와 읽기 시작한 삼국지는 16년 1월 1일에 끝을 맺었다. 삼국지에 큰 매력을 느낀 나는 아빠가 읽어준 책을 혼자 읽고, 읽고 또 읽었다. 가장 마르고 닳도록 본 것은 제갈량이 처음 등장하는 5권이었다. 학교에 가지고 다니면서까지 열심히 읽은 터라, 반에서도 내가 삼국지를 좋아한다는 것이 어느 정도 소문이 나게 되었다. 그런 소문에도 아랑곳없이 삼국지를 줄기차게 읽었던 나는, 본격적으로 **'삼국지 덕후'**의 기질을 보였다.

아이들이 노는 모습을 보고 부러울 때, 혼자 노는 내가 외롭다고 느껴질 때, 나는 의식적으로 제갈량을 찾았다. '공명 선생님, 저는 혼자가 아니에요. 그렇죠?' 하고 거푸 중얼거리며, 친구와 노는 그 아이들보다 내가 훨씬 행복하고 즐겁다고 자부했다. 정신승리였을까? 그래도 좋다. 나는 친구가 없어도 제갈량이 있었고, 그가 언제나 나를 지켜줄 거라고 여겼으니까. 그 똑똑한 머리로 전쟁에서 이겼으니 나 역시 다시 걷게 해줄 것이라고 굳게 믿어 마지않았으니까.

그렇게 제갈량은 내 마음속에 들어와 나를 밝혀주는 **등대**가 되었다.

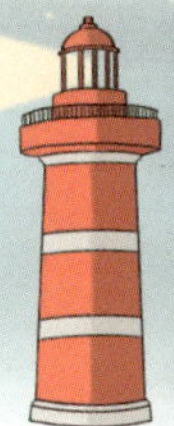

제갈량의 어떤 점이 나를 사로잡았던 것일까. 제갈량은 삼국지 속 인물로서 유비가 세 번 찾아가 얻은 사람이며, 그 유명한 고사 '삼고초려'의 주인공이다. 그때부터 제갈량은 삼국지의 주인공으로서 수없이 많은 활약을 펼친다. 신출귀몰한 계략으로 전쟁을 승리로 이끌기도 하고, 내정관으로서 여러 산업을 크게 발전시켜 나라의 안정에 이바지한다. 또한, 절대 빼놓을 수 없는 것, 그것은 제갈량이 충신이라는 것이다.

자신을 등용해준 유비가 세상을 떠날 때, 제갈량은 유비의 유언을 듣게 된다. 당시 황제였던 유비는 승상으로서 나라의 이인자인 제갈량에게 "내 아들이 인물이 아닌 것 같으면 그대가 황제의 자리에 오르시오." 라고 말한다. 아버지 된 이의 입에서 대놓고 그런 소리가 나왔을 만큼 유비의 아들, 유선은 황제가 되기엔 부족한 인물이었다. 게다가 즉위 당시 나이도 열여덟밖에 되지 않아서, 이인자였던 제갈량이 마음만 먹으면 충분히 쿠데타를 일으켜 정권을 잡을 수 있었다. 그러나 제갈량은 끝까지 신하로서 나라를 위해 한 몸 불사르다시피 헌신하다 쉰넷이라는 나이로 사망한다. 이 책이 삼국지에 관한 것이 아니기에 자세한 설명은 못 하지만, 대충 이게 제갈량이라는 인물의 행보다.

내가 막 제갈량이라는 사람에 빠져들기 시작했을 때는 제갈량의 총명함에 반했다. '어떻게 사람이 저렇게 똑똑할 수가 있나.' 하며 감탄을 연발했고, 제갈량처럼 똑똑해지고 싶었다. 지금은 제갈량의 진심에 반한다. 죽을 때까지 유비와 나라를 위해 온 노력을 다했던 충신 제갈량의 모습은 나의 가슴을 깊게 울리고 때로는 눈물마저 나오게 만든다. 제갈량이라는 동일 인물에 대한 시각의 변화는 내가 컸다는 증거이기도 할 것이다. 하지만 좋아하는 부분이 달라졌을 뿐, 인물은 달라지지 않는다. 예나 지금이나 나에게 제갈량은 등대 같은 존재인 것이다.

"공명 선생님, 공명 선생님! 저 잘했죠?"

그 당시, 나는 뭔가 스스로 잘했다는 생각이 들면 홀로 중얼거렸다. 물론 제갈량은 나에게 아무런 말도 하지 않았지만, 나는 내가 한 일을 제갈량에게 알려주고 싶었다.

내가 이렇게 멋진 사람이라고 자랑하고 싶었는지도 모른다. 아무 소리도 들려오지 않는데도, 제갈량이 나에게 잘했다고 해준 것 같은 느낌이었다. 아니, 제갈량은 그렇게 해줄 것이라는 믿음이 있었다.

그 믿음은 나를 점점 더 삼국지 속으로 끌어당겼다. 너무나 푹 빠진 나머지, 일하느라 바쁘신 담임 선생님을 붙잡고는 "선생님, 유비가요. 제갈량을 세 번 찾아갔는데요…." 하고 삼국지 이야기를 하곤 했다. 특히 제갈량이 조금 활약하거나 내 마음에 드는 장면이 있으면 한층 더 목소리를 드높여 설명에 열을 올렸다.

아마도 담임 선생님은 일하느라 눈코 뜰 새 없는데 그것도 모르고 옆에서 자꾸 책 이야기를 줄줄 늘어놓는 여학생이 별로 탐탁지 않았을 것이다. 그러거나 말거나 나는 신이 나서 "제갈량이 이런 사람이에요."하고 홍보 아닌 홍보를 한참 하다가 어쩔 수 없이 이야기를 멈추었다. 일상생활 중에도, 삼국지와 별 관련도 없는 일인데도 어떻게든 삼국지를 끌어들여 접목하곤 하였다. 내가 학교에서 친구들과 놀지 않고도 그 시간을 버틸 수 있었던 이유이기도 했던 삼국지는, 언제까지일진 모르겠지만 최소한 6년이 지난 지금까지도 나에겐 내 인생 최고의 베스트 셀러다.

삼국지를 가지고 담임 선생님에게 줄줄 이야기를 늘어놓듯이, 친구들과도 그렇게 이야기를 했으면 좋았겠지만, 안타깝게도 그렇게 하지는 않았다. 일단 같이 대화를 하려면 친구와 나 사이에 공통분모가 있어야 하는데, 도무지 그런 게 없었다. 나는 언제나 삼국지 이야기를 하기 원했고, 친구는 삼국지가 무엇인지 대체로 잘 알지 못했다. 그래서 내가 열심히 설명해도 돌아오는 답은 "뭐라고?" 또는 "그게 누군데? 잘 모르겠어." 뿐이었다.

거기다가 소통의 어려움이 한층 더해지면서 삼국지 대화는 막혀버렸다. 그럴 만도 하였던 것이, 가뜩이나 일상적인 말을 해도 잘 못 알아듣는 친구들인데 잘 알지도 못하는, 심지어 머리털 나고 처음 들어보는 사람들의 이름을 들먹이며 이야기를 하려니, 더 대화가 어려울 수밖에 없었을 것이다. 그렇다고 친구가 관심 있는 주제로 이야기를 하자니, 내 또래 아이들이 열광하는 연예인들에 대해서 내가 너무나도 몰라서 그것도 불가능했다. 결국, '역시 나는 애들하고 이야기가 안 되나 보다….'라고 생각하며, 쓸쓸함을 애써 지우고 다시 삼국지에 빠져들었다. 나의 슬픔을 잊기 위해서는 제갈량을 보는 것이 가장 효과적이었으니 말이다.

그리하여 다시 삼국지에 고개를 박고 있노라면, 언제 속상했느냐는 듯 헤헤 웃고 있는 나를 발견할 수 있다. 삼국지를 발판 삼아 나는 외톨이로 꿋꿋하게 나아갔고, 내가 계속 홀로 지내자 친구들도 이제 더는 다가오지 않았다.

'친구 없어도 돼. 공명 선생님이 최고야.' 소통이 어려운 친구들보다 내 마음을 알아주는 것 같은 공명이 훨씬 낫다고 생각했다. 그렇게 나는 삼국지가 동아줄이라도 되는 것처럼 삼국지에 매달려 지냈다. 자연히 삼국지에 대해 아는 게 많아졌지만, 대신 친구들과의 공통분모는 점점 더 멀어져가고 있었다. 삼국지를 보면 볼수록 나는 친구들이 관심 있는 데에 마음을 두지 않고 오로지 삼국지라는 한 우물만 파고들었으니

까. 외로움을 잊기 위해 삼국지를 보고, 삼국지에 대해서만 알고 싶어 하
니 친구들과 대화는 여전히 잘 통하지 않고, 또 외로우니 삼국지를 더 많
이 읽고, 그러니 대화는 점점 더 난항에 빠지고…. 끊을 수 없는 악순환
이 계속 반복되고 있었다.

지금 종종 이런 생각이 든다.

이해가 안 되고 뭔지 몰라서 친구들과 대화하는 게 답답했어도, 조금만

참고 노력해서 조금이나마 아이들과 거리를 좁혔더라면,

지금 나에게 도움이 되었을까?

도움이 되긴 되었을 것이다.

또래 관계는 무척이나 중요한 경험이자 평생 이어갈 수 있는 인연이기도 하니까. 초등학교야 이사하는 아이들도 많고 이래저래 연이 많이 끊어진다고들 하지만, 중학교부터는 '친구'라는 의미가 조금 달라진다는 모양이다.

멋모르는 초등학생과 달리 상대를 위한 '배려'라는 것도 생기고 상대의 시각에서 '생각'할 줄도 알고. 사춘기를 겪을 수 있겠지만, 그만큼 몸도 마음도 성숙해지는 시기라서 초등학생 아이들이 보였던 불편한 친절을 꾹 참지 않아도 될 것이었다. 당장 부모님 친구들만 봐도 중학교 때부터 만났다는 친구들이 상당수이니까 말이다.

그렇기에 내가 그때 조금 더 적극적으로 친구를 만들려고 노력했더라면,

그 친구들과의 인연이 지금까지 이어졌더라면,

모두가 모여 여러 가지 주제로 수다를 떨고 맛난 것을 먹으며 일상을 공유했을지도 모른다. 나를 진심으로 생각하는 친구를 만났을지도 모른다. 허물없이 놀러 오라고 제안할 수 있는 절친이 있었을지도 모를 일이다.

하지만 나는 초등학교 4학년부로 친구들과의 연을 거의 끊다시피 해버리면서 친구라고 칭할 만한 존재가 없다. 나의 대화 상대는 엄마와 아

114

빠 그리고 집에 오시는 몇몇 선생님이 유일하다. 친구들이 우리 집에 놀러 오는 것은 고사하고 연락처가 있는 친구가 한 명도 없다. 게다가 학교에 가지 않고 집에서 학업을 이어가니 더욱더 친구들을 만날 기회가 없게 되었다. 나는 혼자서도 내가 좋아하는 일을 하며 잘 지내지만, 주변 어른들은 늘 말한다. 친구는 무엇으로도 대체할 수 없는 존재며, 친구와 부대끼면 더 넓은 세상을 경험했을 거라고. 그런 말을 들으면 나도 모르게 '친구가 있었으면….' 하고 바라게 된다.

"나는 친구 필요 없어. 어차피 내가 선택한 일이니까."

약한 척을 하기 싫은 나는 언제나 이렇게 뇌까린다. 물렁물렁해 보이지만 한번 하겠다고 마음먹은 것은 하고야 마는, 은근히 쇠고집이 바로 나라는 존재다.

내 고집에 관해 설명하자면, 아무래도 이 에피소드가 가장 적절할 것 같다. 내가 일곱 살 때 일이다. 당시 말이 되지 않는 이야기책을 쓰면서 상상의 날개를 폈던 나는 어느 날 아빠에게 이렇게 말했다.

"아빠, 나 친구 있어. 내 친구 ○○○ 있어."

처음에는 단지 이 정도 수준이었다. 아빠는 웃으며 내 말을 잘 들어주었다. 사실 내가 말한 ○○○이란 아이는 존재하지 않았다. 있지도 않은 친구의 존재를 만들어낸 것을 보면, 그때부터 내게 친구가 별로 없다는 것을 인식하고 다른 아이들처럼 친구와 마음껏 놀고 싶어 했던 걸까? 초등학교나 중학교 때처럼 의도적으로 아이들에게서 거리를 두지는 않았지만, 나는 어려서부터 또래와 하는 놀이보다는 홀로 노는 것을 훨씬 선호하고 아이들에게 허물없이 다가가는 친화력이 부족한 편이었다.

여하튼 그저 존재기만 했던 상상 속의 내 친구는 시일이 지날수록 점점 윤곽이 나타나기 시작했다. 내가 이런저런 이야기를 꾸며내어 보탠 것이다. 이를테면, "오늘 ○○이랑 △△하고 놀았어.", "오늘 ○○이가 □□라고 했어."처럼 말이다. 딸에 대해 속속들이 아는 아빠가 내가 하는 말이 사실인지 허구인지 구분하지 못할 리 만무하다. 지금의 내 머릿속은 잘 모르겠지만, 아빠는 당시 일곱 살이었던 내 머릿속을 훤히 들여다보고 있었을 것이다. 하지만 겉으로는 내가 하는 말들을 모두 받아주었기에, 나는 귀엽게도 내 말을 아빠가 모조리 믿는다고 생각했다. 그래서인지 어느 날 무리수를 두었다.

"아빠, ○○이 여기에 살아."

나는 당시에 살던 아파트와는 조금 떨어진, 옆 동 아파트 주변을 산책하며 아빠에게 말했다. 즉석에서 꾸며낸 이야기였다. 아빠는 지금까지 내가 하는 말이 거짓말인 걸 알면서도 가만히 들어줬지만, 이번에 한 거짓말은 그냥 넘어갈 수준이 아니라고 판단했는지, 갑자기 생각지도 못한 제안을 했다.

"정말 ○○이가 저 아파트에 산다는 말이지? 확실해? 그럼 저 아파트로 가서 확인해도 돼?"

아빠는 내가 말한 아파트에 올라가서 한 번도 본 적 없는 내 이야기 속 그 친구를 직접 보자고 했다. 이번에도 당연히 믿을 거로 생각하고 말을 꾸며냈던 일곱 살에게는 청천벽력이나 다름없는 제안이었다. 하지만 나는 주장을 굽히지 않았다. 몇 라인, 몇 층이냐는 아빠의 질문에 또다시

지어낸 말로 대답했다.

"진짜 있는 거지? 확실하지?"

"응, 저 아파트에 ○○○ 살아."

아파트로 걸어가는 내내 나는 아빠에게 한결같이 대답했다. 아파트 건물에 들어서고 엘리베이터를 타면서도 마찬가지였다. 아빠에게 그동안 거짓말한 것이 들통날까 봐 심장이 방망이질하는 와중에도 모두 꾸며낸 것이라고 시인하기는 싫었다. 그렇게 터질 것 같은 심장을 누른 채 엘리베이터에 탑승하고서도 태연한 척했다. 그러자 이제는 되려 아빠가 더 당황한 것 같았다. 아까는 "진짜 있어?"라고 의문형으로만 묻더니 엘리베이터에 탄 이후로는 회유와 경고를 섞어 되물었다.

"이제라도 사실대로 말해. 진짜 있다고? 거짓말하지 마. 진짜 내리면 초인종 누른다? 지금이라도 사실대로 말하면 안 혼낼게."

그쯤까지 갔으면 내가 거짓말로 지어낸 친구라고 고백할 만도 하건만, 나는 끝까지 내 말이 맞는다고 밀고 나갔다. '이왕 여기까지 온 거, 이 판사판이다!' 하는 마음이었던 것일까. 세월이 많이 흐른 일이라 당시 내가 어떤 심정으로 꿋꿋하게 시인하지 않았는지 정확히 기억은 안 나지만, '아빠가 함부로 남의 집 문을 열지는 못할 거야.' 하는 생각이 있었던 것 같다. 그리고 그 생각은 현실이기도 했다. 엘리베이터에서 내린 후에 내가 말한 집 현관 앞에 섰지만, 아빠는 끝내 문을 두드리지는 못했다. 남의 집 문을 다짜고짜 두드릴 순 없으니 아빠도 어쩔 수 없었을 것이다.

"조수빈! 너 진짜… 고집…! 와…!"

별수 없이 엘리베이터를 타고 내려오면서, 아빠는 연신 혀를 내둘렀다. 십 년이나 지났건만 아직도 아빠는 그 일을 꺼내곤 한다. 일곱 살짜리 애가 그렇게 고집이 셀 줄은 몰랐다는 것이다. 내가 엘리베이터 타서 사실대로 말할 줄 알았단다. 예상과는 달리 어린 딸이 끝까지 지지 않고 거짓말을 시전하니 당황스러울 만했다.

어쨌든 나는 그때의 고집으로 외톨이의 길을 계속 밀고 나아갔다. 제갈량을 위안으로 삼으면서, 제갈량처럼 되고 싶다는 꿈을 가지면서. 그래서일까. 수술 이후 작아 보였던 내가, 스스로 생각해도 영 아니다 싶었던 내가 다시 예뻐 보이고 세상에서 제일 잘나 보였다. 열한 살이나 된 아이가 자뻑은 조금 그렇지만, 그래도 자존감을 회복했다는 점에서 보면 기쁜 일이기도 할 것이다.

어릴 때는 부모님이 말씀하시는 게 모두 맞는다고 생각했고, 부모님이 행동하는 대로 나도 따라 해야 한다고 여겼다. 그 시절 부모님의 행동은 나에게 있어 좋은 교과서였고, 부모님의 말씀은 곧 법이었다. 그렇게 엄마와 아빠가 세상 전부인 줄 알았던 때가 있었다. 엄마와 아빠가 나를 아무렇지 않게 여기며 곧잘 밖에 데리고 다녔기에, 나도 덩달아 나의 상태에 대해 특별히 생각하지 않고 당당했었다. 하지만 초등학교 4학년이면 어느덧 열한 살, 그 전처럼 아무것도 모르고 천진난만하게 있을 나이는 아니다. 슬슬 어른들 하는 일에도 관심을 두기 시작하고, 부모님 생각이 아닌 나의 생각, 즉 자아도 생기는 나이다. 하지만 그 자아가 아직 성숙하지 못할 때이기에, 끝없이 소용돌이치며 각자만의 가치성과 개성을 만들어나간다.

나는 한창 또래 아이들과 신나게 놀 나이에 홀로 지내는 것을 자처했다. 외로울 때는 나만의 방법으로 이겨내며 그렇게 어른들의 세상에서만 머물렀다. 내 말을 못 알아들어도 몇 번이고 물어가며 끝내는 내가 말하려던 바를 알아내는 어른들, 그때그때 나에게 필요한 도움을 눈치채고 정말 내가 편하게끔 '도움다운 도움'을 주는 어른들. 그런 어른들의 세상이 나에게는 훨씬 편리했다.

어른들 사이에서 지내다 보니 "오매!" 등과 같이 내 또래 아이들이 잘 알지 못하는 말을 많이 구사하게 되었는데 그럴 때마다 모두 놀란 눈으로 "너는 애가 어떻게 그런 단어를 아니?"라고 말해주는 것도 즐거웠다. 다른 아이들이 좋아한다는 아이돌 그룹에 대해서는 문외한이지만, 대신 그들이 알지 못하는 어른들의 영역을 더 많이 알고 있는 듯했기 때문이다. 그래서 종종 어른들이 "어른들끼리 하는 말이야. 너는 몰라도 돼."라고 할 때면 이루 말할 수 없이 서운했다. 오죽했으면 '왜 어른들은 자기들끼리만 알려고 할까?' 하는 문제를 곰곰이 생각해보고 '어린이들도 다 알 수 있어.'란 생각에 **"어린이들도 알 권리가 있다!"**라는 주제로 일기까지 썼을 정도였다.

보조기를 차고 수술을 하는 등 다른 아이들이 쉽사리 경험해보지 못한 것을 쏙쏙 빼내 경험해본 나는 남들과는 다른 생활을 한다는 것에서 오는 좌절감을 수없이 많이 맛보았다. 그렇게 좌절하며 무너졌다가, 다시 기운을 차리고 일어났다가를 반복했다. *아이들이 저들끼리 까르륵 웃으며 뛰어다니는 모습을 볼 때, 쉴 새 없이 말을 쏟아내며 무언지 모를 주제를 가지고 수다를 떨 때, 땀을 흘리며 최선을 다해 걷고 있는데도 저 멀리서 온*

아이가 순식간에 나를 제치고 멀리 달려갈 때 등등 내 마음이 무너지는 순간들은 예상치 못한 곳에서 갑자기 '훅!'하며 치고 들어오곤 했다.

　4학년 때 어느 날, 그날도 전혀 예상치 않았던 수업 중에 나의 마음은 무너져 내렸다. 사회 시간이었는데 당일 배운 것의 주제가 '대한민국의 장애인 복지'였다. 교과서에는 대한민국에서 실행하고 있는 장애인 복지의 예로 지하철역에 설치된 리프트의 사진이 첨부되어 있었다. 리프트라는 것이 무엇인지 잘 모르는 이들도 있겠다. 간단히 말하자면, 리프트는 엘리베이터가 없는 지하철역에서 휠체어를 탄 장애인들이 위로 올라갈 수 있도록 계단 옆에 설치한 운송 기계다. 리프트 위에 휠체어를 올리고 역무원을 부르면 역무원이 나타나 리프트를 작동해준다. 리프트는 휠체어를 실은 채로 계단을 천천히 올라간다. 그 기계가 교과서에 모습을 드러낸 것이다. 선생님께서 설명하시는 와중, 한 아이가 외쳤다.

"이거 지하철역에서 봤어요!"

리프트를 봤다는 것이다. 선생님이 살짝 놀라신 듯 그 아이를 향해 말씀하셨다.

"잘 됐구나. 이런 걸 보다니, 대단한데? 이것은 계단을 오를 수 없는 장애인들이…."

선생님의 설명이 채 끝나기도 전에 교실에서는 공부 분위기가 깨져버렸다. '장애인'이라는 소리를 듣자마자 아이들이 말이라도 맞춰놓은 듯 우르르 제 할 말들을 하기 시작한 것이다. 아이들이 말하는 것의 중심에는 내가 있었다. *"수빈이! 수빈이!"*를 외치며 책상이 북이라도 되는 것처럼 마구 두드리며 웃어 대는 아이부터 *"수빈아, 너 이 리프트 타본 적 있어?", "장애인들이 타는 거라는데 너는 어땠어?"* 등등의 질문을 마구 쏟아붓는 아이들까지.

수업하다 말고 튀어나온 리프트 때문에 졸지에 아이들의 관심은 한 몸에 받게 된 나는 창피하다 못해 얼굴이 화끈 달아올랐다. 평소 다른 이들에게 관심받는 것을 즐기기는 했지만 이런 식의 관심은 받고 싶지 않았기에, 할 수만 있다면 정말이지 당장이라도 쥐구멍에 들어가고 싶은 심정이었다. 내가 창피해할 수도 있다는 생각은 안중에도 없이 초등학교 4학년생들은 재미난 게임이라도 발견한 것처럼 나의 대답을 재촉하며 계속 떠들어댔고 결국, 선생님께서 제지하시고 나서야 간신히 질문 공세가 잦아들었다.

"수빈아, 친구들이 잘 몰라서 그래. 너무 신경 쓰지 마."

문제의 사회 시간이 끝나자마자 선생님께서 나에게 하신 말씀이다. 아무렇지 않게 대답은 했지만, 나의 속은 그리 간단하게 진정되지 않았다. 다른 사람들은 흔히 '잘 몰라서 그런 거다. 조금 더 크면 너를 이해할 것이다.'라며 나에게 마음 쓰지 말라고 위로를 건네곤 하였다. 제삼자야 그리 생각할 수 있어도, 당사자라면 신경 쓰지 않는 게 여간 쉽지 않다. *하얀 옷에 점 하나 찍히면 그것만 보이게 되듯이, 타인으로부터 나의 장애에 관해 한마디라도 들을라치면 온종일 그 말에만 신경이 가곤 했다.* 학교생활 내내 '장애'가 있다는 이유로 은근히 무시당하거나 내 마음을 찌르는 말을 들은 것을 나열하자면 끝도 없이 나올 것만 같다.

더 힘든 것은 장애인의 마음은 같은 장애인이 아니고서야 좀처럼 이해하지 못한다는 것이다. '위로'는 할 수 있지만 '이해'는 하지 못한다. 이해한다손 쳐도 일반인이 장애인의 마음을 온전히 헤아리는 경우를 나는 보지 못했다. 예를 하나 들어보겠다.

'쯧쯧.'

혀 차는 소리다. 등하교하거나 특별히 어딘가를 갈 때, 주변 어른들이 딱하다는 눈으로 바라보며 혀를 차는 경우가 왕왕 있다. 그분들 시각에서는 정말 안쓰럽고 딱한 마음에 무의식적으로 나온 행동이겠으나, 나는 이것을 무척이나 싫어했다. 마치 동물원의 원숭이가 된 기분이 들기도 하였고, 무엇보다 동정받는 것이 싫었기 때문이다. '불쌍하다'는 듯 쳐다보는 그 눈빛이 부담스러웠다. 그래서 나는 그런 눈빛들에서 벗어나고자 최대한 발걸음을 재촉하며 생각하곤 했다.

'제발 혀 좀 차지 마! 내가 뭐 어떻다고 그래?'

물론 장애인은 눈에 확 띈다. 장애인인 듯 아닌 듯, 자세히 보지 않으면 모를 만큼 미미한 상태가 있는가 하면, 누가 봐도 몸이 불편한가 보다 하고 눈치챌 만큼 중증인 경우도 있다. 그동안의 이야기를 설명했듯이 나는 아킬레스건 수술 이후 보조기 부작용과 근육 저하로 인해 엄마가 뒤에서 붙잡고 다녀야 할 정도였다. 그래서 우리 모녀가 캥거루 모녀가 되어 딱 붙어 등교할 때면, 사람들의 관심을 한 몸에 받곤 했다. 처음에는 사람들의 시선이 거북하고 불편했던 나도 그러한 일이 반복되자 그러려니 하게 되었다. 그러나 그렇다고 해서 기분이 나쁘지 않은 건 아니었기에, '나는 저렇게 하지 말아야지.' 다짐했다.

그 다짐은 지금도 유효하고, 나는 나의 다짐을 지키고 있다. 병원에 갔을 때, 나보다 더 상태가 안 좋아 보이는 사람을 봐도 나는 절대 뚫어지게 쳐다보지 않는다. 나도 모르게 눈길이 가면 화들짝 놀라며 아무 일 없었다는 듯 시선을 피한다. 신기해서, 궁금해서, 딱해서 등등 여러 가지 이유로 뚫어지게 쳐다보는 행위가 당사자에게 어떻게 와닿을지 몸소 체험했기에, 내가 싫어하는 행동을 했던 이들과 똑같이 하기 싫다. 비장애인은 장애인을 오롯이 이해하지 못할 테니, 적어도 똑같은 아픔을 겪는 나라도 동병상련의 마음으로 말없이 응원하려 한다. 장애인을 보아도 아무렇지 않게 지나갈 수는 없는 것일까?

"저 애는 왜 저렇게 쳐다본다니?"

내가 동물원 원숭이 보듯 하는 눈빛에 익숙해지고 그러려니 한 데는 엄마의 공이 크다. 사람들이 나를 빤히 바라볼 때면 당사자인 나보다 보호자인 엄마가 외려 더 분개하며 흥분한 것이다. 특히 내 또래 아이가 나를 쳐다본다 싶으면, 엄마는 똑같이 그 아이를 쳐다보며 아이가 먼저 눈을 돌리게 했다. 마흔 살을 훌쩍 넘긴 엄마가 고작해야 십 대 초반인 아이들을 상대로 똑같이 행동한 것 같아 유치뽕짝이라는 생각이 들기도 하지만, 나의 마음을 대변해주듯 분노해주는 엄마가 눈물겹게 고마웠다.

"엄마, 그만해."

"아니, 저 애가 자꾸 너를 쳐다보잖아."

"그럴 수도 있지. 그만해."

엄마가 대신 나서 복수 아닌 복수를 해준 덕에 나의 짜증은 눈 녹듯이 사라졌고, 나는 그렇게 누가 쳐다보거나 말거나 개의치 않으며 등하교를 했다. 지금도 나는 남들의 시선을 신경 쓰지 않는다. 외려 나를 쳐다보는 시선을 보고 있노라면 웃음까지 나올 지경이다. 슬쩍 비웃음을 날려 주며 '그래, 실컷 봐라. 나처럼 예쁜 얼굴 못 봤을 거야. 예뻐서 신기하지? 어디 한번 계속 보라지. 그래 봤자 내가 눈 하나 꿈쩍하나.' 하고 생각한다.

지난 몇 년 동안 나는 아주 중요한 사실 하나를 알아냈다. 그것은 바로 '사람들 시선에 위축되는 것이야말로 나의 장애를 스스로 인정하는

것'이라는 거다. 내가 떳떳하면 사람들이 뭐라고 하든 귀에 들어오지 않는다. 반면 자신이 무언가 켕기는 게 있다면 사람들의 수군거림에 절로 신경이 가기 마련이다. 그런 깨달음을 얻은 후부터는 누가 보든 말든 내 모습에 당당해지려 더욱 어깨를 펴고 다녔다.

사회에 나가면 다들 나더러 장애인이라고 한다. 하지만 그건 말 그대로 사회에서 필요하여 만들어낸 일종의 '명사'일 뿐, 나는 내가 장애인이

라고 생각하지 않는다. 무엇보다 중요한 것은 주변이 아닌 자기 자신의 마음이다. 주변에서 뭐라고 하든 본인이 아니라고 생각하면 아니다.

나는 '장애인이 아니야. 그냥 몸이 조금 불편한 것뿐이야.
다른 아이들하고 조금 다른 거지 이상할 거 하나도 없어!'

를 되뇌고 또 되뇌었다. 엄마와 아빠도 나는 장애인이 아니라고 말하는 외침을 들으며 매우 기꺼워하셨다.

그렇게 나는 비 온 뒤의 땅처럼 단단하게 여물어갔다.

'나는 왜 이럴까. 나는 왜 이렇게 태어났을까? 나는 왜 장애인인 걸까?' 등의 생각을 하며 수없이 무너져 내렸다가도 '아니야. 나는 장애인이 아니라고 했잖아. 그냥 조금 다른 거야. 아무렇지도 않아!' 하며 다시 기운 내 일어나기를 반복한 결과였다. 초등학교 생활, 전혀 쉽지 않고 녹록지 않은 파란만장한 4년이었지만, 그 4년이 있었기에 나의 마음은 더 깊어지고 상처를 딛고 일어나는 법을 배워갔다. 힘든 만큼 값졌던 그 생활에 감사하며, 지금은 간절하게 그때처럼 학교로 돌아가고 싶은 마음이다.

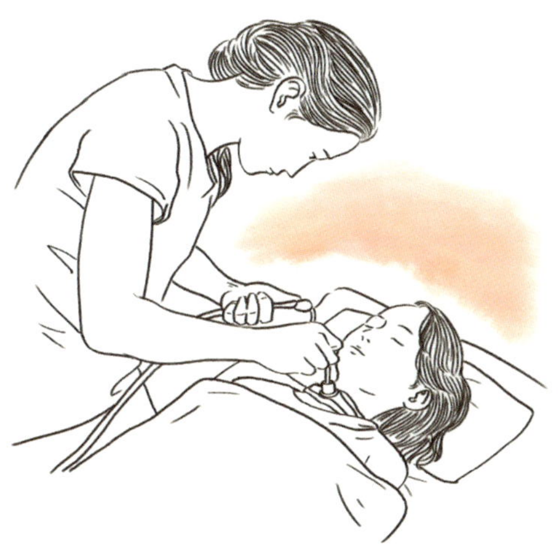

06

새로운 삶

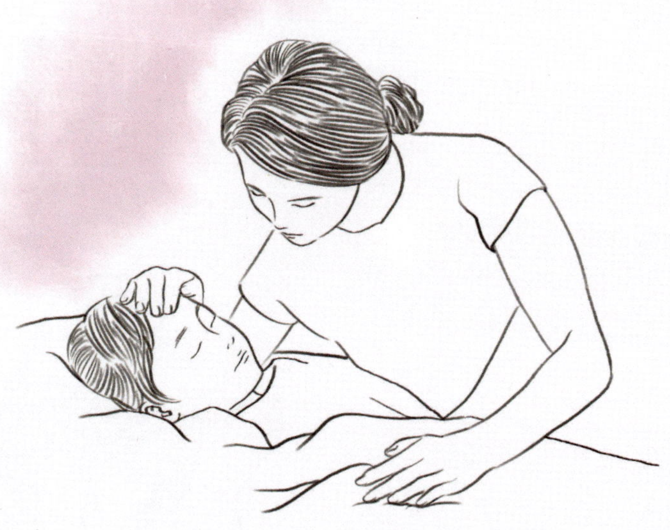

수술과 보조기, 그것에서 비롯된 엄마와의 갈등, 스스로 느껴질 정도
로 악화일로(惡化一路)를 걷는 몸 상태. 지금까지 나열한 것만으로도 열한
살인 아이는 이미 정신이 가출한 상태였다. 하지만 운명이라는 놈은 그

쯤에서 멈출 계획이 없었나 보다. 그만큼 했으면, 그렇게 사람을 괴롭혔으면 이제 좀 그만해도 될 것이 같은데, 운명은 끝내 나를 천 길 낭떠러지로 밀어 넣었다. 그 '천 길 낭떠러지'란 '호흡기'라는 것이었다.

2016년 11월의 어느 날 기상하자마자 내가 엄마에게 물었다.

"엄마, 지진 났어? 어지러워."

당연한 이야기지만, 지진은 아니었다. 단지 내가 그렇게 느낀 것뿐, 자고 일어나면 이상하게 두통과 어지러움이 생겼다. 엄마에게 몇 번 말하기는 했지만, 말을 하는 나 자신도 나의 증상을 그다지 심각하게 받아들이지는 않았다. 온종일 계속 어지러운 것도 아니고, 자고 일어났을 그 직후에 잠시 그러다가 이내 의식하지 못하는 사이 언제 그랬다는 듯 괜찮아졌기 때문이다. 증상 지속 시간이 극히 짧았기에, 그 증상을 느끼는 나도, 나에게서 이야기를 들은 엄마도 별로 중요하게 생각지 않았을 만도 했다.

"신경외과로 가보시는 게…."

우리가 더 안심했던 이유 중 하나, 그것은 바로 위와 같은 말이었다. 내가 일관되게 어지럽다고 말하자, 은근 걱정되었는지 엄마는 마요자임 효소 대체 요법을 치료받은 종합병원에서 의사에게 내 상태를 설명했다. '수빈이가 자고 일어나면 머리가 어지럽다고 한다'는 엄마의 말에 돌아온 의사의 대답은 바로 위와 같았다. 몸은 불편할지언정 머리만큼은 전혀 문제가 없는 나라는 것이다. 고로, 신경외과를 언급하는 의사의 말에도 엄마는 웃기만 하고 말았다. 몸에 이상이 있어 머리가 어지러운 것이 아닌지를 걱정하였는데, 의사가 정신 쪽으로만 이야기하니 우리 모녀는 더욱더 기상 시 생기는 어지러움 문제에 대해서 더욱 관대해졌다.

아킬레스건 수술도 그러하였지만, 지금 와서 생각하면 통탄한 일이다. 그때 그렇게 별것 아니구나 하고 넘길 것이 아니라 몸에 대한 검사를 해보았더라면, 최소한 피검사라도 해보았더라면 어땠을까. 내가 폼페병을 지병으로 갖고 있으니, 그에 대한 정보를 찾아보고 예후에 주의해줬다면 어떠하였을까. 16년도의 일이니 벌써 6년이나 지난 일이건만 이때의 일은 아직도 후회로 남아 있다. '조금이라도 의심이 됐다면 우리가 적극적으로 알아보거나 찾아봤어야 했는데….' 하는 식의 후회다.

도대체 어떤 결과가 일어났길래 이러느냐고? 앞서 언급했듯 **'호흡기'**가 내 인생에 등장했다.

"수빈아, 해외여행 안 가볼래?"

2017년 새해가 밝고 갓 열두 살을 맞이한 나에게 아빠가 물었다. 그 질문에 내가 좋다고 하면서, 거의 일사천리로 대만 여행 준비가 마무리되었다. 평생 해외로 나가본 적이 없는 나는 호기심 반, 걱정 반으로 생의 첫 해외여행을 떠났다.

"해외여행? 안 돼. 어떻게 하려고? 수빈이 몸이 못 버텨."

"괜찮아. 며칠 나갔다 오는 건데 뭐 어때?"

"그래. 그리고 수빈이 몸이 이런다고 평생 집 안에만 있을 거야? 그래서는 발전이 없어! 위험 부담이 있더라도 세상을 봐야지! 우리나라 말고 밖에도 나가보고 해야지!"

내 건강을 염려한 엄마가 극구 반대하고 나섰지만 나와 아빠가 밀어 붙였다. 내 건강을 우선으로 생각하는 엄마와 달리 아빠는 더욱 과감하고 도전적이며, 진보적인 성향을 지니고 있었다. 아빠는 평소에 책도 좋아하고 텔레비전에서 다큐멘터리나 다른 나라 여행기 등의 방송을 즐겨 보는 편이다. 그렇기에 몸이 불편하다는 이유로 조용히 집에만 있는 게 아니라, 이곳저곳 다녀보며 가능한 한 세상의 여러 가지를 경험해보아야 한다는 생각을 기저에 깔고 있는 듯하다. 대만 역시 나에겐 미지의 세계이자 새로운 경험이었기에, 좋은 기회라고 생각하고 적극적으로 추진한 것 같다. 그리고 내가 대만 여행에 찬성한 이유는 무척이나 간단했다.

"아빠, 대만이 어디야?"

"대만? 봐봐. 아시아가 여기 있지? 여기에 있는 나라야."

"대만은 어떤 나라야?"

"중국하고 비슷한 나라야. 중국의 독립국인데, 중국은 대만이 자기 나라라면서 대만의 독립을 인정하지 않아."

'중국이라고?' 삼국지에 빠져 있던 나는 중국이란 말에 귀가 번쩍 뜨였고, 중국 비슷한 문화권이라는 대만도 무척 궁금해졌다. 즉, 내가 대만 여행을 찬성한 것은 모두 삼국지의 영향이라는 것이다. 이유만 놓고 보면 단순하기 그지없지만, 어쨌거나 나는 대만 여행에 관한 설렘을 숨길 수가 없었다. 우리 가족뿐 아니라 외할머니 생신을 맞아 엄마 쪽 친정 식구가 함께 떠나는 대규모 가족 여행이었기에 더 설렜던 것 같다. 우리 가족은 물론 다른 친척들도 대만에 대해서는 딱히 정보가 없었던 듯, 여행과 관련된 것은 모두 여행사에 맡겼다. 자유 여행이 아닌 여행사 일정대

로 움직이게 된 것이다. 그런데 그 일정이라는 게 너무나도 빡빡한 강행
군이었다.

아침 일곱 시 반에 기상해서 여덟 시 반에 버스를 타고, 온종일 대만
이곳저곳을 다니며 관광을 하다가, 열 시나 되어야 다시 숙소에 돌아오
는 식이었다. 심지어 일정 중 하루는 관광지가 기차로 무려 두 시간 반
이나 걸리는 거리에 있어서, 나를 포함한 모든 일행은 기차만 자그마치
왕복 다섯 시간 동안 타야 했다. 그날 숙소에 들어온 시간은 무려 열한
시. 안 그래도 체력이 약한 내가 쓰러지지 않은 게 용할 지경이라고 할
만큼 체력적으로 무리가 엄청났다. 숙소에만 들어오면 뻗어 자는 게 일
이었으니까 말이다.

하지만 생애 처음으로 나가본 해외인지라, 나에게 대만 여행은 꽤 즐
거운 추억으로 남아 있다. 우리 가족끼리만 갔더라면 강행군에 지쳐 최
악의 경험으로 기억되었을지 모르지만, 다행스럽게도 할머니를 비롯한
이모네 식구들이 함께였기에, 여행 내내 사촌 언니들과 함께 먹고 놀며
즐겁게 보냈다. 집안의 막내인 나는 그 여행에
함께한 유일한 초등학생이었다. 막내
의 특권을 마음껏 누리며, 평소에 시
간이 맞지 않아서 만나기 어려웠
던 언니들과 맘껏 놀았다. 그래
서인지 몸은 고
됐어도 마음
은 행복이

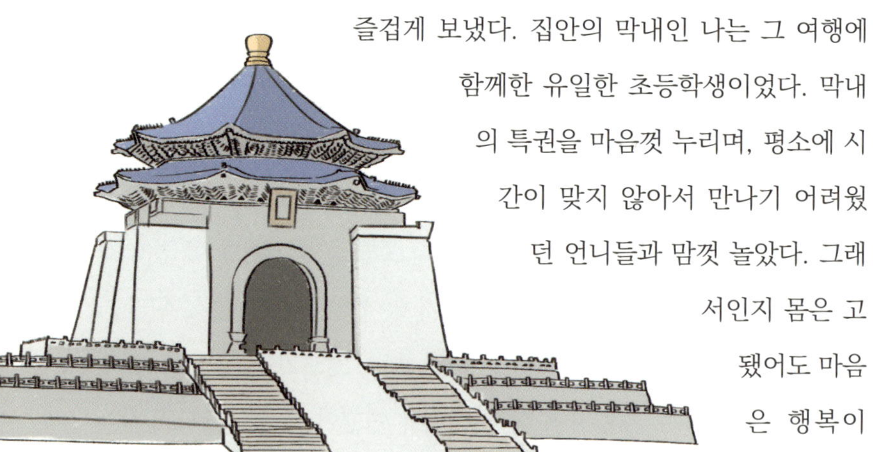

넘쳐흘렀다. 숙소에 들어와 기절하듯이 잠을 자고 나면 그다음 날엔 특별히 불편한 곳이 없었기에 조금 힘들긴 해도 내 몸이 버티고 있다고 여겼다. 그런데 아니었나 보다.

"엄마, 나 답답해!"

대만 여행을 다녀온 뒤 대략 한 달이 지난 2월 말, 기어이 사달이 벌어졌다. 이상하게 눕기만 하면 견디지 못할 정도로 가슴이 답답했다. 꼭 숨이 막히는 것처럼 답답해서 잠도 못 잤을 정도였다. 잠은 오는데 눕지를 못했던 나는 거의 열흘간 앉아서 잠을 잤다. 잤다고는 하지만 앉아서 어정쩡한 자세로 자는 잠이 제대로 된 잠일 리 만무하다. 당연히 푹 잠들지 못하고 몇 번이나 깨기 일쑤였다. 누워서 자고 싶은 마음이 굴뚝같았지만 누울 수가 없으니 미치고 팔짝 뛸 노릇이었다.

"수빈아, 엄마 출근해도 괜찮겠어? 어제 잠 못 잤잖아."

"어, 괜찮아. 엄마 회사 가."

제대로 자지 못하는 딸을 학교에 보내 놓고 회사로 향하는 엄마의 심정은 어떠했을까. 모르긴 모르되 발에 돌덩이가 달려 있는 것처럼 발걸음이 천근만근이었을 것이다. 하지만 출근을 하기는 해야 했으므로 엄마는 계속 회사에 나갔다.

그리고 쪽잠을 자서 잠이 한없이 부족한 상황에도 나는 아무렇지 않게 주간 일정을 대부분 소화했다. 4학년의 끝을 보내고 있던 그 시기, 5학년이 되기 전 마지막 4학년 생활을 꾸역꾸역 마무리했다. 담임 선생님의 배려로 쉬는 시간에 책상에 엎드려 모자란 잠을 채워가며, 학교를 마친 후에는 영어 학원도 가고 운동 발달 센터도 다녀왔다. 하루 일정을 소화한 뒤 저녁이 되면, 또 눕지 못하고 앉아서 쪽잠에 들기를 열흘쯤 지났을 거다. 그 사이 3월이 밝았고, 새 학년이 되어 새 교실에 들어갔다. 믿을 수가 없는 기억이지만, 삼일절을 보내고 5학년의 첫걸음을 뗐던 3월 2일이 목요일이었다. 3월 3일까지 이틀 정도 등교를 마쳤을 때, 나는 새로운 선생님께 말씀드렸다.

"선생님, 저 다음 주 월요일에 병원 가서 학교 못 와요."

1학년 때부터 늘 달고 살던 말이었다. 효소 대체 요법은 늦출 수도, 거를 수도 없는 중요한 일이었기에 나는 일관성 있게 2주마다 병결했다. 하루를 꼬박 병원 가는 데에 쓰고 그다음 날에 등교하곤 했기에, 이번에도 똑같을 줄로만 알았다.

그러나… 3월 3일을 끝으로, "다음 주 월요일에 학교 못 와요."를 끝으로 나는 고등학교 1학년이 된 지금까지 학교로 돌아가지 못하고 있다.

원래 계획되어 있었던 방문일인 3월 6일, 엄마는 병원에 들어서자마자 간호사에게 최근 내가 눕지 못하는 것에 관해 이야기했다. 잠을 잘 자지 못한다고 말이다. 이야기를 들은 간호사는 산소포화도를 보자며 즉시 포화도 측정 기계를 가지고 왔다.

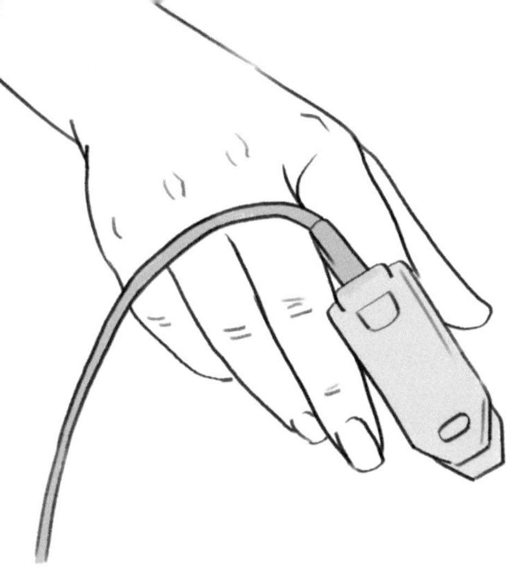

산소포화도란, 혈액 속에서 헤모글로빈과 결합한 산소량의 최대치로, 백분율로 나타내며 정상 범위는 95 이상이다. 그런데 곧장 재본 포화도 수치에 우리 모녀는 물론 간호사까지 너무나도 당황하고 말았다. 정상 범위에서 한참 부족한 55가 나온 것이다. 순간 너무 놀라 '무슨 문제가 있나?' 하며 심각해졌던 분위기는 간호사의 말로 어느 정도 환기되었다.

"혹시, 지금 학교 다니고 있나요?"

"네. 잠 못 자는 것 빼고는 학교도 다니고 할 건 다 하는데….."

간호사가 휠체어에 앉아 있는 나를 흘끗 보며 별거 아니라는 투로 말했다.

"그럼, 이 기계에 문제가 있나 봐요. 이렇게 나올 수가 없어요. 산소포화도 수치가 55면 이렇게 못 앉아 있어요. 쓰러져요."

간호사가 시원스레 그리 말하니 우리는 곧 '그런가 보다.' 하고 여겼다. 설마하니 55가 나오겠나 싶었다. 잠만 못 자고 다른 건 다 하고 있었으니 간호사 말대로 '기계에 문제가 있었나 보다.' 하고 걱정을 지운 것이다. 하지만 제대로 잠들지 못하는 게 뭔가 이상하기는 이상했으므로, 간호사는 입원을 권유했고 엄마 역시 그것을 받아들였다. 나는 입원이 싫었지만, 계속 밤에 잠들지 못하며 고생하는 게 더 싫었으므로 원인이나 제대로 알고 가자는 생각으로 이내 동의했다. 뭐, 아킬레스건 수술 때와 마찬가지로 내 의사에 상관없이 부모님은 그날 무조건 입원을 시키셨겠지만 말이다.

효소 대체 요법을 시술하는 곳은 낮에만 운영하는 병동이라고 생각하면 될 것 같다. 보통 병동처럼 입원해서 밤낮 가리지 않고 머물 수 있는 곳이 아니었다. 대체 요법이 끝나면 원무과에서 지시가 내려올 때까지 대기했다가, 입원 허락이 떨어지면 절차를 밟고 병동에 입실해야 했다. 우리는 원무과 허락이 떨어지길 기다리며 심장 초음파를 보았다. 폼페병이라는 병명을 모를 때, 그로 인해 심장이 비대해지고 급기야 심장 이식 이야기까지 거론된 적이 있지 않던가. 그렇기에 혹여 심장에 문제가 생겼나 걱정된 엄마가 급히 예약을 잡아서 당일에 바로 초음파를 봤다. 초음파 결과는 '이상 없음'. 내가 잠들지 못하는 이유는 더욱더 오리무중에 빠졌지만, 일단 초음파 결과는 정상이라는 것에 기뻐하며 우리 모녀는 병동에 들어섰다.

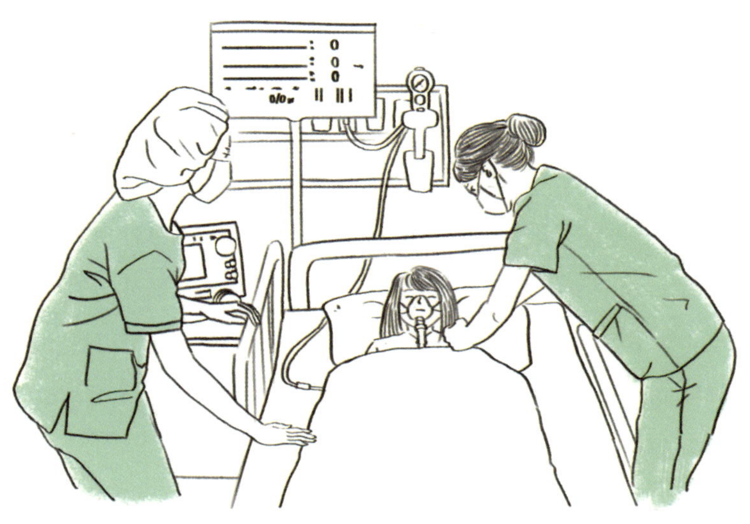

　배정받은 병실에 들어와 보니 조그만 공간에 환자 침대와 보호자 침대가 함께 있는 구조였다. 보호자 침대를 펴본 엄마가 지나가듯이 말했다.

　"너, 저녁에 또 잠 못 자고 보호자 침대로 갈래, 환자 침대로 갈래 할 것 같다."

　잠 못 드는 저녁을 이미 몇 밤이나 보내본 엄마의 촉은 정확했다. 아니나 다를까, 자야 할 시간에 내가 또 잠들지 못하고 두 침대를 오가기만 한 것이다. 답답함을 호소한 지 얼마나 지났을까. 마치 카메라의 필름이 끊기듯 나의 기억 또한 그즈음에서 끊겨버렸다.

잠시 끊어졌던 나의 기억이 다시 이어진 때는 그로부터 대략 10시간이 지난 이후였다. 답답해서 잠을 못 자겠다고 호소하던 나는 문득 눈을 떴고, 곧 어리둥절해졌다. 분명 눕지 못해 며칠째 앉아서만 잠을 잤는데, 언제 그랬냐는 듯 잘만 누워 있는 것이다. 그래서 나는 '아… 밤새 병원에서 치료해줬나 보다. 이제 퇴원하면 되겠다!'라고 생각한 뒤 기쁜 목소리로 엄마를 부르려 했다. 그런데 이상하게도 말이 나오지 않았다. 뇌는 분명 "엄마!"라고 부르라고 명령을 내리는데, 정작 입에서 뇌의 명령을 전혀 수행하지 못하는 것이다. 바로, 내 입에 정체 모를 기계들이 한데 모여 있기 때문이었다.

'이상하다…

분명히 이런 거 안 하고 있었는데….'

사태를 파악해보고자 고개를 슬쩍 옆으로 돌리니, 엄마가 없었다. '잠깐 어디 갔나 보다.'라고 생각하기에는 이상한 것이, 내 침대뿐 아니라 다른 침대에도 죄다 보호자가 없는 것이 아닌가? '애들이 안 일어나서 엄마들끼리 잠깐 단체로 어디 갔나?' 하지만 엄마가 자는 나를 놔두고 다른 보호자와 어울릴 리가 없었다. 도저히 이해할 수 없는 상황에 엄마에게 전화라도 해보려고 하다가, 손이 침대 난간에 묶여 있다는 사실까지 알아냈다. 몸을 움직일 수 있는 상황이 아니라는 사실을 눈치챈 나는 일단 엄마 찾는 건 좀 미뤄두고 주변을 자세히 둘러보았다.

간호사들이 죄다 파란색 비닐을 간호사복 위에 덧입고 있는 것이 이상하게 느껴졌다. '여기… 뭐지? 입원해도 간호사들 저런 거 안 입고 있는데…?' 문득, 엄마가 드라마 볼 때 옆에서 슬며시 보았던 장면이 떠올랐다. 의학 드라마였는데, 거기 나오는 주인공도 내가 보는 것처럼 비닐로 추정되는 것을 덧입고 있었다. 드라마에서 분명, 주인공이 있는 그 장소를 '중환자실'이라고 했었다.

'여기가… 중환자실이라고?' 혼란스럽기 그지없을 때, 내가 일어난 것을 발견한 간호사 한 분이 나에게 다가왔다. 나에게 "잘 잤어? 몸은 어때?" 등의 질문을 던졌지만, 입안에 잔뜩 있는 뭔지 모를 기계 때문에 말문이 막힌 나는 그저 고갯짓으로 대답할 수밖에 없었다. 그 와중에 내가 그 전부터 궁금해하던 이곳의 정체가 드디어 밝혀졌다.

"여기는 중환자실이야. 놀랐지?"

마른하늘에 날벼락이라는 것이 어떤 것인지, 나는 그날 몸소 체험했다. 일주일 동안 잠을 못 자기는 했지만, 그래도 불과 몇 시간 전까지 엄마와 함께 병실에서 밥도 먹고 이야기도 잘했는데 대체 이게 무슨 일인가 싶었다. 그저 밤에 또 잠들지 못했을 뿐인데, 정신을 차려보니 난데없이 중환자실이라니. 나는 간호사 선생님께 여쭈어보고 싶은 것이 무진장 많았다. 하지만 선생님은 본인이 답해주는 것보다 더 좋은 방법이 있다며 일어났을 때부터 내가 찾던 사람을 불러냈다.

"수빈아, 엄마 보고 싶지?"

격한 나의 끄덕임에 곧 엄마가 내 곁에 섰고, 나를 보자마자 눈물부터 흘렸다. 나는 그제야 모든 사태를 받아들임과 동시에 덩달아 눈물을 흘렸다. 그렇게 우리 모녀는 한참을 마주 보고 울었고, 우리의 눈물에 내 상태를 설명하는 간호사의 목소리가 배경음처럼 깔렸다. 대충 진정이 되자마자 나는 이게 대체 어떻게 된 일이냐고 물었다. 앞뒤 없이 중환자실에 홀로 놓인 이 상황에 대한 이해가 필요했으니까 말이다.

엄마의 자초지종 설명에 의하면, 간호사 한 분이 병실을 돌다 가슴 통증을 호소하는 나를 발견했다고 한다. 정확히 기억이 나지는 않지만, 당시 나의 입술이 퍼렇고 안색 역시 새하얬던 모양이다. 딱 봐도 상태가 안 좋아 보이는 나를 본 간호사가 놀라서는 엄마에게 "환자분 계속 이렇게 안색이 안 좋았나요?"라고 물었단다. 엄마가 제대로 잠들지를 못한다고 말하자, 그 즉시 기계를 가져와 산소포화도를 측정하였는데, 무려 37이 나왔단다. 당일 아침에 나왔던 수치인 55보다 20이나 낮아진 수치다. 정상 범위가 95 이상인데 55가 나온 것을 보고, 이럴 리 없다며 기계가 고장 난 모양이라고 안심했던 게 생각나는 순간이었다. 결론적으로, 그 기계는 고장이 아니었고 확실히 내 몸에는 문제가 있었다.

37이라는 숫자에 깜짝 놀란 의료진은 그 즉시 처지에 나섰다고 한다. 그 처치란, 나에게 산소마스크를 씌워주는 것이었는데 마스크가 닿자마자 내가 기절하듯 잠들어버렸다고 한다. 의료진은 잠든 나를 침대에 실은 채 중환자실로 직행하였고, 그렇게 눈을 뜨자마자 본 것이 중환자실의 풍경이었다. 엄마는 몇 시간만 있다가 치료하고 나올 줄 알았기에 하염없이 중환자실 문 앞에서 기다렸다고 한다. 그러나 나의 상황은 절대 그리 간단하지 않았다. 내가 나오기를 기다리던 엄마에게 나 대신 다가온 의료진은 "수빈이는 중환자실에 며칠 있어야 할 것 같으니 오늘은 우선 돌아가시는 게 좋겠습니다.”라고 귀가 조치를 내렸고, 엄마는 그렇게 집으로 가야만 했다. 그러는 사이 나는 무슨 일이 벌어졌는지도 모른 채 정신없이 잠을 자고 있었던 상황이었고 말이다.

중환자실에서 나는 아주 가관이라고 할 만했다. 인공호흡기와 링거줄, 콧줄 등이 한데 어우러져 의료 관계자나 보호자가 아니라면 감히 함부로 건들지도 못할 것 같은 그런 모습이었다고 보면 되겠다. 인공호흡기를 입안에다 끼워두고 있었는데 이를 기관 내 삽관이라고 한다. 말 그대로 우리가 숨을 내쉬는 통로인 기관 내로 튜브를 넣어 기도를 확보하는 방법이다.

어린 시절 잠시 했던 콧줄도 다시 마주하게 되었다. 자가 호흡이 안 되어 호흡기를 연결하게 된 것이지만, 그것과 관계없이 우리 몸은 호흡기를 이물질로 받아들이기 때문에 이물질을 내보내려 계속 가래를 배출한다. 굳이 호흡기를 하지 않아도, 감기에 한 번이라도 걸려본 사람이라면 누구나 다 알 것이다. 몸에 가래가 있으면 얼마나 불편한지를 말이다. 그래서 일부러 ‘웩!’하며 가래를 뱉어내지 않는가? 호흡기 환자도 마찬가지다.

다만 호흡기 환자는 스스로 호흡하는 것이 어려워 호흡기를 찬 터라 계속해서 생기는 가래를 스스로 뱉어내기 어렵기에 외부에서 강제적으로 빼줘야 한다. 이때, 의료진이나 보호자가 ‘카테터’라는 긴 의료용 호스를 환자의 입에 넣어서 목에 찬 가래를 뺀다. 이 과정을 전문용어로 ‘석션(Suction)’이라고 부른다.

나는 중환자실로 들어가고 나서 석션을 달고 살았다. 특히 일주일여 동안은 거의 십 분 간격으로 가래를 뽑았을 만큼 수시로 목에 가래가 찼

다. 그때 뽑은 가래들은 나의 몸이 호흡기를 이물질로 받아들여 만들어
낸 가래라기보다는, 그동안 내 몸에 있었는데 배출되지 못하고 쌓여 있
던 가래들이었다. 의료진은 가래가 쌓여서 폐렴이 발생했다고 설명했
다. 폐렴, 말 그대로 폐에 염증이 생기는 질환이다. 남녀노소 누구나 걸
릴 수 있는 질환이지만, 호흡기가 약한 사람에게는 특히나 치명적이다.

나는 꼭 꼬집어 폐가 약하다는 말은 들어본 적 없었지만, 기본적으로
근력이 없고 근육이 약하다 보니 절로 몸의 모든 기관이 보통 사람들에
비해 약했다. 폐 역시 심각한 정도가 아니었을 뿐, 보통 사람들에 비하면
아주 약한 수준이었다. 열이 나거나 기침이 심하기라도 했으면 상황이
이리 심각해지기 전에 병원이라도 왔을 텐데, 하필 증상도 안 나타나는
'무증상 폐렴'이었던 탓에 아무것도 감지하지 못했다. 결국, 치료가 늦어
져 중환자실 신세를 지게 된 것이다.

하지만 단순히 폐렴 하나만으로 중환자실에 간 것은 아니다. 폐렴 말
고도 또 다른 원인은 바로 '이산화탄소 수치'였다. 우리 모두 알고 있는
이산화탄소는 물체가 탈 때 발생하는 기체이자, 동물이 호흡할 때와 식
물이 광합성을 할 때 사용하는 기체이다. 지구온난화를 일으키는 주범
이기도 한 이산화탄소는 우리 몸에서도 생겨난다. 호흡이라는 것은 외
부의 산소와 내부의 이산화탄소를 순환시키는 행위라고 할 수 있다. 그
렇게 원활한 호흡으로 이산화탄소와 산소를 순환해줘야 하는데, 그 기
능에 문제가 생겨버리고 말았다. 이산화탄소가 배출되지 못하고 몸속에
쌓여버린 것이다. 과유불급이라 하였던가. 넘치는 것은 모자람만 못하
다. 여기서 이 성어를 쓰는 것이 좋은 것인지는 모르겠지만, 하여튼 이산

화탄소 역시 꼭 필요한 것이기는 하지만 너무 많으면 인체에 해롭다. 인체에 필요한 이산화탄소 정상 범위는 대략 35~45%. 그런데 나는 중환자실에 있을 당시 50%가 넘게 나왔다고 한다. 산소포화도에 이어 우리 가족을 또 한 번 놀랜 수치다.

문제는 여기서 끝나지 않았다. 산소포화도나 이산화탄소 수치 모두 비교할 만한 기록이 없었다. 즉, 나의 상태가 안 좋았을 때 측정한 결과만 있을 뿐, 내 상태가 비교적 멀쩡했을 때 측정 결과가 없어서 평소 대비 얼마만큼 안 좋아졌는지 비교할 수가 없었다. 하지만 비교 자료가 없다고 하여도 두 가지 수치 모두 정상 범위를 한참이나 벗어난 수치임은 분명하였기에 중환자실행은 불가피했다.

지금에야 드는 생각이지만, 내가 몇 달 전부터 어지러움을 호소했던 것과 갑자기 답답해서 눕지 못한 것까지 모두 전조 증상이었던 것 같다. 이산화탄소가 쌓여서 배출되지 못하니 머리가 어지럽고 급기야 답답함까지 나타난 것이다. 애초에 어지러움을 느꼈을 때 의사가 조금 더 알아보고 대처를 해줬더라면 어땠을까. 일이 이렇게 되기 전에 원인을 알아냈더라면 피해 갈 수 있지 않았을까. 지난 일이라고는 하지만 안타깝고 또 안타까운 마음을 금할 길이 없다.

엄마는 틈만 나면 메시지를 보내며 나를 응원하였지만, 나는 엄마의 사랑 가득한 글에 답도 하지 않을 만큼 의욕이 없었다. 내가 외로움과 이런저런 고통을 잠시라도 잊을 방법은 오로지 핸드폰뿐이었다. 그리고 종종 공명 선생을 생각했다.

'공명 선생님 잘 있을까? 삼국지 읽고 싶다….'

하지만 이런저런 장치를 주렁주렁 달고 있는 상태에서 책을 읽기도 쉽지 않았기에 관두어야 했다. 조그마한 핸드폰 액정 말고 큰 모니터로 좋아하는 방송을 보고 싶었고, 삼국지를 비롯한 만화책도 마음껏 읽고 싶었고, 부모님에게 사랑받으며 평범한 생활을 하고 싶었다. 늘 학교 가기 싫다고 불평하였는데, 그 불평이 얼마나 속 편한 소리였는지 뼈저리게 느끼기도 했다.

특히나 밤이 되면 우울함이 올라와서인지 유난히 이런저런 생각들이 꼬리에 꼬리를 물었다. 일상의 평범함을 그리워하다가 주변 눈치를 보며 이불을 뒤집어쓰고 눈물을 훔친 일도 많다. 어느새 5년이나 지난 일이지만 그때의 감정과 생각은 하나도 잊지 않았다. 아마 내가 더 나이를 먹어 할머니가 되더라도, 평생 잊을 수 없는 기억이지 않을까 싶다. 그 당시 엄마와 주고받았던 카톡을 읽고 있으면 나도 모르게 눈물샘이 터져버리기에, 정말 특별할 때가 아니라면 중환자실에 관련된 기억은 기억 창고에 보관한 뒤 꺼내지 않으려 하고 있다.

다만, 마냥 이렇게 힘들어하기만 한 것은 아니었다. 감정의 소용돌이 속에서도 인공호흡기를 떼기 위한 시도는 멈추지 않았다. 기관 삽관으로 계속 달고 있던 호흡기를 계속하고 있을 수는 없다. 급할 때 쓰는 임시방편이기에 일정 시일이 지나면 그걸 떼어내야만 한다. 그걸 떼야지만 내가 그리도 희망하던 일반 병실로 갈 수 있기도 했다. 문제는, 기관 내 삽관을 제거하고 호흡기 없이 8시간을 버텨야 한다는 것이다. 코에다 씌우는 산소마스크가 있기는 했다. 하지만 병원 측은 코 마스크를 24시간 하는 것이 아니라, 잘 때만 하는 거라고 설명했다. 즉, 깨어 있는 시간에는 코 마스크를 하지 않고 오로지 내 힘으로만 자가 호흡을 해야 한다는 것이다. 기관 내 삽관을 몇 주째 하고 있기는 했지만, 그래도 중환자실에 들어오기 전까지만 해도 멀쩡하게 호흡을 하고 있었기에 8시간 정도는 거뜬히 버틸 수 있을 거라고 자신만만했다. 8시간 버티는 것에 대한 걱정보다는 기관 내 삽관을 떼고 일반 병실로 가는 것에 대한 설렘이 더 컸다. 그러나, 결과는 기대를 배반해도 제대로 배반하고 말았다.

중환자실에 들어간 지 이 주일쯤 되었을 때, 호흡기를 떼고 8시간을 버티기 위한 첫 시도가 있었다. 중요한 시도이니만큼 보호자인 엄마가 들어와 지켜보며 응원해주었더라면 훨씬 더 든든했을 텐데, 안타깝게도 내가 있는 곳이 중환자실이라서 허락되지 않았다. 엄마는 어쩔 수 없이 메시지로나마 나의 성공을 기도할 수밖에 없었다. 며칠을 입에 달고 있었던 장치가 빠져나가자, 입에 아무것도 없다는 편안함이 제일 먼저 나를 찾아왔다. 이후 코 마스크로 교체하여 반응을 보았는데, 여기까지는 아무런 문제가 없었다. 문제는 코 마스크까지 완전히 뗀 다음이었다.

아무런 기계 없이, 순전히 내 힘으로만 자가 호흡을 시작한 지 한두 시간쯤 지났을까, 기계들이 사정없이 울려대기 시작했다. 대기하고 있던 의료진이 재깍 달려와 응급처치를 해보았으나, 전혀 호전세가 보이질 않았다. 방법은 한 가지뿐이었다. '8시간 버티기'라는 임무를 실패로 돌리고 다시 기관 내 삽관을 하는 것. 야심 차게 나선 도전에서 명백하게 실패를 맛본 나는 큰 충격을 받았다. 이후로 나는 '과연 예전처럼 호흡할 수 있을까?'라는 문제를 진지하게 고민하기 시작했다. 이 고민은 비단 나만 한 것이 아니었던 모양이다. 내 담당의는 엄마와 아빠에게 안타깝지만 여기서 더 나아지지 않으면 수술밖에 남은 방법이 없다고 했다.

의사가 언급한 수술은 바로 '기관절개 수술'이다. 말 그대로 기관을 절개하는 수술인데, 이런저런 이유로 호흡 능력이 회복되지 않는 환자에게 시행한다. 호흡이 안 된다고 해서 1년 365일을 중환자실에 놔둘 수도 없고, 무엇보다 기관 내 삽관은 필요하다고 해서 언제까지고 마냥 하고 있을 수가 없었다. 8시간 동안 자가 호흡을 하려는 시도가 실패로 돌아가면서 수술 이야기가 나온 것이다.

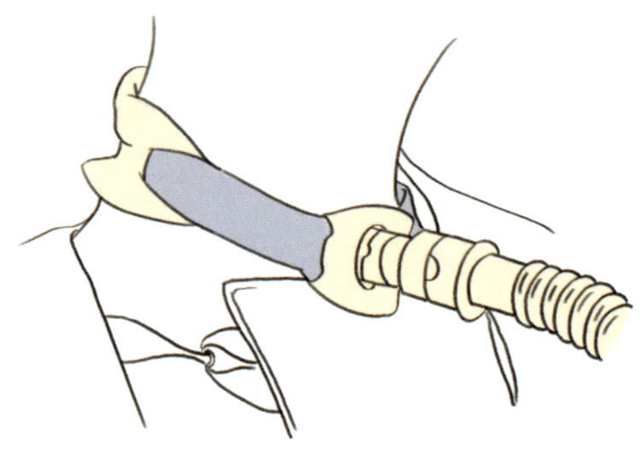

다소 듣기 거북스러울 수도 있는 이 수술 방식은 목을 절개하여 그곳에 '케뉼라'라고 불리는 관을 집어넣는 수술이다. 삽입한 관에 호흡기를 연결해서 인공호흡기의 바람이 직통으로 목에 들어가도록 하는 방식인 것이다. 그것을 하면 중환자실에서 탈출하여 집으로 퇴원할 수는 있었다. 그러나 기본적으로 목에 칼을 대는 일이었다. 또한, 기관절개 수술을 한다는 것은 곧 인공호흡기를 24시간 내내 달고 산다는 뜻이기에 절대 섣불리 결정하기 어렵기도 했다. 신중한 검토와 충분한 논의 그리고 환자 본인의 의사(意思)가 가장 중요했다.

과거에 별다른 조사도 없이 했던 아킬레스건 수술을 두고두고 후회해서인지, 기관절개 수술만큼은 정말 진지하게 고민하고 또 고민하여 결정했다. 당시의 나는 아킬레스건 수술을 했을 때보다 두 살 더 많은 열두 살이었다. 돌아가는 상황을 잘 알지 못했던 그때와 다르게 나름대로 나의 주관도 생기고 눈치도 빨라졌다. 부모님과 의사들 사이에 어떤 대화가 오가는지 파악했던 초등학교 5학년은 고민 끝에 '기관절개 수술은 못 한다'는 결론을 내렸다.

목에 구멍을 뚫고 지낸다는 것이 어찌나 무섭게 들리던지. 게다가 호흡기를 하고 퇴원해야 한다는 것에 큰 거부감이 들었다. 그 말은 곧 집에서도 계속 인공호흡기를 사용해야 한다는 말이 아닌가. 분명 호흡기 없이 멀쩡히 숨 쉬며 가벼운 마음으로 방문했던 병원이었는데, 퇴원할 때는 호흡기와 함께라니. 그야말로 내 몸이 더 나빠졌다는 사실이 더 적나라하게 드러나게 될 것 같아 생각만 해도 짜증이 났다. 나는 전보다 몸이 안 좋아졌다는 말을 듣는 걸 가장 싫어한다. 내 신체 기능이 떨어졌다는 사실을 인정하기는 곧 죽어도 싫었다.

잠시 호흡을 못 하는 것뿐이라고,

절대 기관절개를 한 정도의 상태는 아니리고,

그래서 나는 호흡기 없이 집에 가고야 말 것이라고!

호흡기를 하고 집에 가는 건 말도 안 되는 거라고!

생각하고 또 생각했다.

하지만 내 생각과는 다르게, 중환자실에서 꼼짝도 하지 않고 가만히 누워만 있었던 2주 사이에 훨씬 더 안 좋아지기는 했나 보다. 1차 시도를 실패한 이후, '이대로는 포기할 수 없다'는 나의 오뚝이 정신을 반영하여 2차, 3차 시도가 이어졌다. 그러나 결과는 모두 실패. 세 번의 연속된 실패는 나의 마음을 지하 369층까지 내려놓기에 충분했다. 1차 실패 직후만 해도 '내 인생에 기관절개 수술은 없다!'란 생각이 몹시 확고했는데, 실패를 거듭할수록 차차 수술 쪽으로 마음이 기울기 시작했다. 엄마는 면회 시간에 들어올 때면 늘 말했다.

"수빈아, 수술하자. 의사 선생님이 그러는데, 그거 말고는 방법이 없대."

엄마는 꾸준히 나를 설득했다. 어느 부모가 자식에게 수술을 권할 수가 있겠는가. 하루라도 빨리 중환자실에서 벗어나 일반 병실로 가고 싶어 하는 딸을 보면서, 엄마와 아빠는 결국 수술을 선택하게 된 것 같았다. 또한, 수술 이외에는 더 나은 방법을 찾을 수 없다는 의사의 말도 한몫 거들었을 것이다. 방법이 없다는데 어찌하겠는가?

"그래, 수술할게…."

마침내 그토록 완강하던 내 생각도 수술이라는 결론에 이르렀다. 엄마와 아빠의 계속된 설득이 있기도 하였거니와, 자가 호흡에 세 번이나 실패하면서 자신감이 떨어진 상태기도 했고, 무엇보다 이러다가 한 달을 넘길 것 같은 중환자실 생활이 너무나도 지긋지긋했기 때문이었다. 중환자실 생활에 적응한 터라 처음처럼 부모님이 그립지도 않았고, 밤만 되면 쓸쓸하던 것도 거의 없어져서 그럭저럭 살아가고 있었지만, 적응만 했다 뿐이지 중환자실에서의 생활은 살아도 사는 게 아니었다. 빨리 부모님과 함께하고픈 마음은 내가 수술하도록 마음먹게 한 결정적인 이유였다. 내가 수술에 동의한 지 얼마 지나지 않아 부모님은 바로 수술 동의서에 서명하셨다.

　수술 날짜가 정해진 후, 의료진은 수술을 앞둔 내가 고생하지 않게 모든 것을 최대한 나에게 맞춰주었다. 그래서인지 나는 편안한 몸으로 수술을 위한 준비에 나섰다. 사실 준비라고 하여 거창한 걸 한 것은 아니었다. 그저 의료진에게 수술 후 어떻게 되는지를 물었을 뿐이었다. 별다른 생각 없이 던진 질문에 대한 답변은 충격적이었다.

　"기관절개를 하면 말을 못 해. 집에 가서도 말을 못 할 거라서, 엄마랑 알아들을 수 있는 사인 같은 걸 만들어야 할 거야."

　말하지 못하는 것은 물론 먹지도 못한다는 것은 가히 충격으로 다가왔다. 물론 먹고 말하는 것보다는 숨 쉬고 사는 게 더 중요하니 수술을 택한 것이기는 하다만, 말도 못 하고 먹지도 못한다는 것은 열두 살인 내게 너무나도 무시무시한 소식이었다. 나는 전해 들은 내용을 곧장 엄마에게 전달했다. 엄마는 내게 위로하는 메시지를 보냈지만, 그런 깃은 눈에도 들어오지 않을 정도로 무너진 멘탈을 수습해야만 했다.

　하지만 결론적으로 나는 지금 고기, 채소 할 것 없이 이것저것 다 잘 먹고 수다쟁이라는 말을 들을 정도로 쉴 틈 없이 떠든다. 즉, 수술하면 먹지도 말하지도 못할 거라는 말은 틀린 셈이다. 기관절개 5년 차, 시간이 꽤 흘렀기에 말도 하고 밥도 먹는 것 아니냐는 의문을 품는 사람도 있을 수도 있겠지만, 전혀 그렇지 않다. 나는 수술 다음 날부터 말을 뗐다. 그리고 수술한 지 삼 일째 되던 날에는 미음을 넘겼고, 이후로는 차차 고형식을 섭취하며 먹는 것에도 문제가 없었다. 현재도 언제 못 먹는다는 소리를 들었느냐는 듯 아무렇지 않게 잘 먹는 중이다.

　늘 그런 것은 아니지만, 병원 관계자들은 보통 최악의 상황을 대비하여 환자와 보호자에게 치료를 정상적으로 잘 끝마쳤을 경우부터 가장 안 좋은 경우까지 전부 설명해주는 경우가 많다. 만일을 위해 미리 마음의 준비가 필요할 수도 있기 때문이다. 말인즉, 부정적인 상황을 설명하는 의사의 말을 새겨 듣되, 무조건 그렇게 되리라는 법도 없다는 말이다. 의사가 부정적으로 말해도 환자와 보호자는 항상 가능성을 열어두고, 충분히 좋아질 수 있다고 긍정적으로 생각하며 치료를 받아야 한다. 말에는 힘이 있기에 말하는 대로 흘러간다. 나는 열일곱 인생을 통해 그것이 괜한 소리가 아니라는 걸 몸소 느꼈기에, 다른 이들에게도 호언장담할 수 있다.

어떤 때는 긍정적인 생각 하나만으로도 상황이 좋아질 수 있다고 말이다.

물론 기본적으로 근력이 약하기에 먹는 시간은 답답하리만큼 느리다 못해 속이 터진다. 보통 식사 시간을 1시간 정도로 잡아야 하니 말이다. 내 또래의 열일곱 살 아이들이 십여 분 만에 먹어버린다는 걸 감안하면 실로 굼벵이 속도가 아닐 수 없다. 목소리 역시 또래보다 작아서 집중하지 않으면 안 들릴 정도다.

하나, 건강한 이들과 비교한다면 한도 끝도 없을 것이다. 다른 사람처럼 하지 못하는 걸 뻔히 알면서 건강한 이들과 비교만 한다면 결국 상처받는 것은 나 자신이다. 그렇게 갖은 상처를 받고 이겨내는 과정을 거치면서

나에게는 **나만의 속도**가 있다고 생각하게 된 것 같다.

내가 다른 이들과 다르다는 것을 인정하고

'**남**은 **남**대로, **나**는 **나**대로'

각자의 속도에 맞춰 살아가는 게 정신 건강에는 확실히 도움이 된다.

최소한 계속해서 남과 비교할 때보다는 말이다.

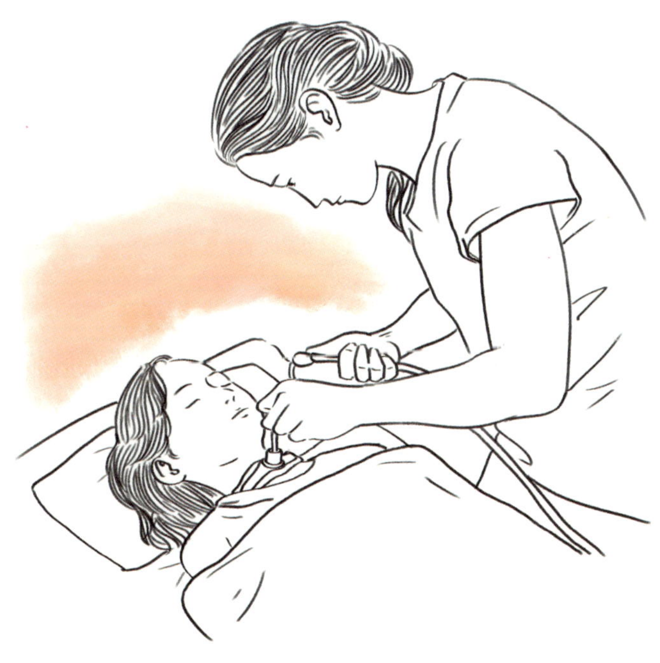

하지만, 처음부터 마음처럼 된 것은 아니다.

기관절개 이후, 3주가 넘는 중환자실 생활을 마무리하고 병실로 올라

왔을 때, 나는 병실 풍경이 생경했다. 기관절개를 하지 않은 환자들을 볼

때마다 드는 부러움은 이루 말할 수 없었고,

핸드폰 카메라를 작동시켜 내 목에 정말 호흡기가 꽂혀 있나 확인해 본 후, 정말로 수술을 했다는 사실을 새삼스레 깨닫기도 하였다. 아마도 간단한 수술이 아니었던 터라, 현실을 인정하고 받아들일 준비가 되지 않았던 모양이다.

단순하게는 인공호흡기를 24시간 단 채 생활하는 것이지만, 사실 기관절개는 무척이나 어렵고 고된 일이다. 생각지도 못한 사건 사고가 여기저기서 터져 나오기 일쑤이기 때문이다. 당연하다면 당연한 일일 것이다. 호흡은 생존에 꼭 필요한 것이니까. 갓 태어난 아이들도 자연스레 호흡하기 마련인데, 본능적인 호흡을 스스로 하지 못하고 인위적으로 기계에 의지하고 있으니 문제가 안 생기는 게 외려 더 희한할 것이리라.

기관절개를 통해 관이 항상 목에 꽂혀 있어서 몸에서는 끊임없이 가래를 만들어냈고, 나는 중환자실에 이어 일반 병실로 와서도 계속해서 '석션'을 해야만 했다. 게다가 가래를 뽑는 것도 보호자에겐 꽤 난도가 있는 일이다. 석션은 엄마 담당이므로, 엄마가 했던 말을 인용해보도록 하겠다.

"지금은 요령이 생겨서 괜찮은데, 처음에는 무서워서 집어넣지도 못했어. 나는 처음이라 제대로 못 하겠고, 너는 답답하다고 하고… 미치겠는 거야."

석션을 하려면 일단 케뉼라*를 통해 목에 뚫린 구멍으로 '카테터**'라는 줄을 집어넣어야 한다. 기관을 절개한 환자들은 여러 가지 이유로 호흡이 원활하지 못해 목에 또 하나의 숨길을 갖고 있는 것인데, 석션을 할 때면 어쩔 수 없이 환자들의 숨길을 잠시 막아야 하는 상황이다. 엄마는 혹시나 숨이라도 막힐까 봐 무서워서 케뉼라로 카테터를 집어넣는 것조차 하지 못했다. 아무리 잠시라도 숨구멍을 막는다는 생각을 하니 덜컥 겁이 났을 것이다. 고생해서 간신히 줄을 집어넣었어도 여전히 문제였다. 분명히 가래가 있는데, 도대체 어느 위치에 있는 것인지 감을 못 잡는 것이다. 따라서 가래라고는 조금도 뽑지 못한 채 석션이 종료되기 일쑤였다.

'기관절개, 케뉼라, 카테터' 등등 보통 사람에게는 생소한 단어들이 쏟아져 나와 이해하기 힘들 것이다. 사실 석션 등의 행위는 본인이 환자 혹은 보호자가 되어 보지 않으면 이해하기 힘든 영역이다. 실전 경험 없이 글자만으로는 이해하는 데 명백한 한계가 존재한다. 감기 걸렸을 때 코가 막혀 답답한 경험이 한 번쯤은 있을 것이다. 입으로만 숨을 쉬고 있을 때, 기다란 줄을 입안에 집어넣는다고 생각해보자. 숨길을 막아버린 격이니 답답할 것이다. 석션이 딱 그와 같은 느낌이다. 숙련되지 않은 보호자는 환자의 숨길을 막아서 무슨 사고가 날까 조마조마하고 조심스러

---

*　기관절개관

**　석션을 할 때 쓰는 고무줄

워 석션을 제대로 하지 못할 수밖에.

'그러면 석션을 안 하면 되지 않느냐.'라고 생각할 수 있겠지만, 가래가 차오르면 답답한 건 기본이요, 호흡까지 힘들어지기 때문에 안 할 수 없는 작업이다. 급하다 싶을 땐 장소와 시간을 불문하고 석션을 해줘야 할 정도다. '기관절개 환자'에게는 '석션'이 늘 꼬리표처럼 따라다닌다.

석션, 수술 주위 소독 등 보호자가 배워야 할 것이 끝없이 밀려 들어오는 상황에서 엄마는 기관절개에 대한 아무런 정보가 없었기에 난데없이 밀려 들어오는 생소한 것들에 적응하기 힘들어하였다. 기관절개를 했다는 사실을 받아들이지 못하고 힘들어한 나와 기관절개 환자를 돌보는 데에 익숙하지 않아 진땀을 뺐던 엄마. 우리 모녀의 좌충우돌 적응기는 반년 가까이 이어졌다. 하지만 "인간은 적응의 동물이다."라는 말처럼, 힘들지만 결국에는 모두 적응하게 되었다.

시간이 약이긴 한 모양이다.

07

우리의 성장통

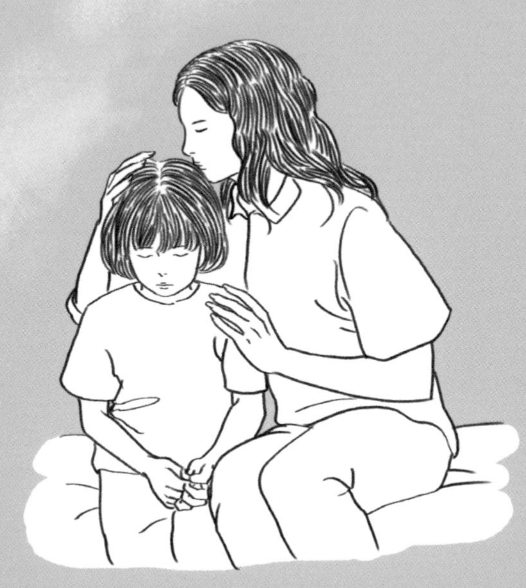

앞서 언급했듯 기관절개 환자는 이런저런 문제들이 사방팔방에서 마구 터져 나온다. 정말 생각지도 못했던 곳들에서 각종 문제가 시시때때로 터져 나오기에 하루도 긴장의 끈을 놓고 살 수 없다. '이제 조금 나아진 것 같은데?', '이제 마음 좀 놓아도 되겠지?', '한동안 별문제 없었으니까 계속 괜찮겠지?' 하는 등의 방심은 절대 금물이다. 절대 방심하지 말라는 몸의 가르침인지, 희한하게도 이리 방심하는 순간 유독 문제가 터져 나온다는 걸 경험상 알기 때문이다. 그것도 조금 간격을 두는 것도 아닌, 대체로 방심하는 말을 하자마자 문제라는 얄궂은 놈은 바로바로 튀어나온다. 오죽하면 마치 우리 가족이 안심하고 긴장의 끈을 놓는 순간을 기다리기라도 한 것 아닌가 하는 생각이 들 정도다.

'호흡이 안 되어서 기관절개를 한 것이니까, 문제가 생겨봐야 폐나 기관지 관련된 곳에서만 생기는 것 아닌가?' 하고 생각할 수도 있겠지만, 정말 그렇게 생각하였다면 그건 정말 너무나도 큰 오산이다. 물론 기본적으로는 그것이 맞기는 하다. 아무래도 호흡기와 가장 관련 깊은 곳은 폐를 필두로 한 기관지들이기에, 기관절개 환자들은 기관지가 무척이나 예민하고 약하여 감염에 특히 주의해야 한다. 감기만 걸려도 폐렴으로 넘어갈 확률이 매우 크기에 애초에 감기에 걸리지 않기 위해 조심, 또 조심을 기울여야 한다. 하지만 기관절개 환자에게 나타나는 문제 상황은 기관지뿐 아니라 몸 구석구석, 심지어 발바닥 같은 곳에서도 나올 수 있다. 즉, 기관지에만 신경 쓴다고 되는 것이 아니라 온몸에 신경을 기울여야 한다.

5년 전, 기관절개를 하고 마침내 그리도 염원하던 일반 병실로 올라왔을 그 당시, 석션 등의 기관절개 관련 전문용어와 전문작업 등을 배우느라 진땀을 뺀 것만 빼면 나는 일반 병실 생활에 꽤 만족했다. 아니, 일반 병실 생활에 만족했다기보다는 그저 엄마와 24시간 함께하는 생활을 행복해했다고 하는 게 맞겠다.

"핸드폰 보지 마라, 자세 똑바로 해라, 숙제해라." 등등 그동안 엄마가 입만 열면 잔소리를 쏟아낸다고 불평했지만, 장장 3주라는 긴 시간 동안 하루에 한 시간 정도밖에 보지 못하며 엄마 없이 생활하니, 그제야 엄마의 소중함을 절실히 깨닫게 되었다고나 할까. 엄마 역시 그동안 고생한 딸이 안쓰러웠는지 유난히 나에게 잘 대해주었다. 기관절개 환자와 기관절개 환자의 보호자가 되었어도 우리 모녀는 잘 지냈지만, 안타깝게도 주변 상황이 우리를 가만히 놔두지 않았다. 모녀의 사랑도 가로막혀버리는 것이 바로 기관절개라는 녀석이었다.

살짝 말하였지만, 기관절개 수술 이후에 적응하는 과정은 이루 말할 수 없을 정도로 험난함과 치열함의 연속이다. '환우와 보호자가 기관절개라는 의료 기술과 전쟁을 벌인다.'라고 할 수도 있을 것이다. 우선 기관절개를 막 한 환자를 간호하는 보호자는 아무것도 모르는 백지상태다. 무엇을 준비해야 하는지, 환자를 돌보는 데에는 어떤 기술이 필요한지 등의 정보를 사전에 알고 있을 리 없고, 설령 조사해서 안다고 해도 이론과 실제는 엄연히 다른 법이다.

특히나 강조하듯 수시로 사건 사고가 터지는 기관절개 등과 같은 의료 행위에서는 이론을 빠삭히 알고 있다고 하여도 막상 문제가 생기면 무용지물이 되는 경우가 허다하다. 이것은 글로 읽어서 되는 것이 아니라, 실제 경험을 통해 몸으로 부대껴봐야 비로소 알게 되는 것이다. 더군다나 기관절개 초창기에는 환자 못지않게 보호자들도 당황스러움 그 자체이다. 환자가 기관절개를 선택하기까지 보호자들의 마음이 온전할 리 만무하기 때문이다.

기관절개 5년 차, 지금은 인공호흡기 기계와 내 목에 삽입되어 있는 케뉼라를 마치 한 몸처럼 여기지만, 당시에는 그 누구보다 가장 혼란스러웠다.

목에서 느껴지는 이물감,

3주 사이에 걷기는커녕 앉는 것도 제대로 못 할 정도로 쇠약해진 몸,

혼자서 호흡도 못 한다는 무기력함과 자기혐오,

나를 돌보기 위해 잘 알기도 못하는 것들을 배우려 애쓰며 동분서주하는 부모님에 대한 죄책감

등 엄마와 함께 있게 되었다는 것만 빼면 더 나아진 것은 아무것도 없는 것만 같았다.

중환자실에서 아무것도 못 하고 그저 누워만 있을 때는 수술이고 뭐고 '중환자실에서 빨리 나갈 수만 있다면 수술도 불사하겠다'는 심정이었지만, 그 바람대로 마침내 일반 병실에 있게 되자 비로소 앞뒤 상황이 그려지는 것이다.

‘내가 어쩌다가 이렇게 되었지?’
‘내가 왜 이 수술을 했을까?’
‘나도 건강하게 태어났더라면, 폼페병이 없었더라면….’
‘이렇게 힘들 줄 알았으면 수술하지 말걸….’

생초보 기관절개 환자와 보호자는 실수를 거듭했고, 실수가 거듭될수록 고통도 갑절로 늘어났다. 엄마가 석션을 잘하지 못할 때면 다른 보호자들은 다 잘하는 것 같은데 왜 엄마만 이리 못하느냐며 분노를 마구 토해내다가도, 일순간 딸 때문에 다른 웬만한 부모들은 안 해도 되는 일들을 감수해야 하는 엄마에게 미안해서 눈물이 나기도 했다. 석션하는 방법을 두고 부모님이 설전을 벌이며 다투셨을 때도 ‘내가 기관절개를 안 했더라면 석션도 안 했을 테고, 그럼 엄마 아빠가 안 싸웠을 텐데….’ 하는 죄책감이 나를 짓눌렀다.

잘 못 걷고, 체력이 약하고, 학교와 학원에 다니느라 힘들었지만 그래도 그 시절이 나았다는 생각이 들었다. 정말로, 기관절개에 비하면 불편한 몸으로 학교와 학원을 오가는 것이 훨씬 나았다. 왜 사람은 당시에는 그것이 행복이라는 것을 모르고 더 안 좋은 상황이 닥쳐서야 비로소 깨닫게 되는 것일까. 최악에 부딪혀야 불평하던 일들이 전혀 불평거리가 아니었음을 알게 되는 모양이다.

안타깝게도 휘몰아치는 나의 감정을 진정시켜주는 사람은 아무도 없었고, 스스로 감정을 다스리기에 열두 살 소녀는 너무 어렸다. 그리고 사실, 감정을 온전히 진정시킬 만한 시간이 주어지지 않았다. 내내 기관절개 환자에게 필요한 처치들을 배우고 직접 해보느라 눈코 뜰 새 없었기 때문이다. 가정에서도 케뉼라를 갈아야 하기에 엄마는 간호사들의 도움을 받아 케뉼라 가는 연습을 했다. 그 연습의 대상이 된 나는 한 달에 한 번 정도만 갈면 되는 케뉼라를, 무려 일주일에 세 번이나 갈아야 했다.

날마다 인턴들이 와서 수술 부위에 소독을 해주면 엄마는 그것을 보고 수첩에 메모하였고, 가래를 조금이라도 더 잘 뽑기 위해 고군분투하는 나날이었다. 하나라도 더 머리에 넣고, 최대한 잘해보려고 정말 노력했던 엄마. 엄마는 무언가를 할 때면 나에게 묻고 또 물었다.

"수빈아, 엄마 어땠어?"

"이번에는 조금 편했어?"

"어떻게 해야 조금 더 잘하려나⋯."

"(같은 병을 앓고 있는 환자의 보호자에게) 이럴 때는 어떻게 해야 해?"

아직 초등학교도 졸업하지 않은 나의 눈에도 엄마의 노력하는 모습이 역력했다. 그러한 노력이 통했는지 처음에는 '집에 가면 이제 어떻게 하나⋯.' 싶을 정도로 답이 보이지 않던 엄마의 처치 실력이 조금씩이나마 발전하기 시작했다. 무서운 나머지 카테터를 케뉼라 안으로 집어넣지도 못하고 안절부절못하며 매번 간호사를 호출하여 도움을 청하곤 했건만, 퇴원할 즈음에는 간호사 도움 없이 혼자서 처리할 수 있을 정도로 실력이 향상된 것이다. 당장 며칠 뒤면 집에 가야 하는 우리 가족은 여전히 불안해하고 걱정스러워했지만, 그래도 처음에 벌벌 떨기만 하던 것을 생각해보면 분명 엄청난 쾌거였다. 불과 2주라는 짧은 시간 동안 이리 실력이 늘었으니, 집에 가면 점점 더 잘할 것이라는 믿음을 가지고 나는 병원을 나섰다.

"드디어 집에 간다! 그동안 고생했다, 수빈아!

이제 우리 가족, 집에 가서 잘 살아보자!"

3월 초, 일주일 동안 잠을 자지 못하는 것이 이상하여 원인이나 밝히고 가자며 가볍디가벼운 마음으로 시작된 입원이 생각지도 못한 중환자 실행으로 인해 점점 길어지고, 결국 상상해보지도 않았던 기관절개라는 수술로 이어지고 말았다. 기껏해야 삼사일 정도로 생각한 입원 기간이 무려 한 달 하고도 반이나 된 것이다. 처음 입원실에 들어섰을 때는 분명 아직 꽃도 제대로 피지 않은 봄의 초입이었건만, 퇴원할 때 보니 꽃들이 만발하고 이미 져버린 꽃도 있는 4월 말이었다.

바깥 풍경을 보자마자 우리 가족은 시간이 이렇게나 흘렀다는 것을 실감하며, 한 달 반이라는 기간 내내 함께 폭풍우를 맞은 노고를 위로했다. 비록 수술이라는 큰 산을 맞았어도 이만한 게 어디냐며 위로하는 한편, 이왕 이렇게 된 것 집에 가서 함께 잘해보자는 말을 주고받으며 집에 도착했다. 그리고 집에 오자마자 폭소를 터트려야 했다.

'축! 수빈이 퇴원!'

아빠가 색종이에다 대문짝만하게 문구를 써서 집 앞 현관에 떡하니 붙여놓은 것이다. 퇴원 하루 전날, 엄마가 아빠와 통화하며 내일 퇴원이니 오늘 퇴근 후 집에 가면 집 청소를 깔끔하게 해놓으라 신신당부를 하였는데, 하라는 집 청소는 안 하고 플래카드를 만들었던 것이었다. 당연히 엄마는 "집 청소를 해도 모자랄 판에 이걸 하고 있었어?! 다 나아서 퇴원한 것도 아니고, 오히려 안 좋아져서 수술하고 퇴원했는데 무슨 축하야, 축하는!"라며 매우 크게 짜증을 내었지만, 나는 그저 웃기만 했다.

엄마 말대로 좋아지거나 다 나아서 퇴원하는 것이 아니기에 씁쓸하기도 했지만, 그래도 전혀 생각지 못한 이벤트였기에 즐거움이 훨씬 더 컸다. 아무런 티를 내지 않았건만, 아빠는 내심 내가 심적으로 흔들리고 있다는 것을 눈치라도 채기라도 한 모양이었다. 딸의 퇴원을 축하한다는 문구로 웃게 만들어줘서 고마운 마음도 한편에 존재했던 퇴원 당일이었다.

벌써 5년이 지난 일이건만, 이날의 '축! 수빈이 퇴원' 플래카드는 여전히 우리 가족의 재미난 에피소드다. 그리고 5년째 이야기하고 있지만, 그때마다 엄마는 "아니, 지금 생각해도 어이가 없어. 하라는 청소는 안 해놓고, 집안은 엉망이어서 내가 싹 다 다시 청소했는데! 청소해도 모자랄 시간에 그런 거나 하고 있었다는 게 정말!!" 하는 식으로 핀잔을 주고, 그러거나 말거나 나와 아빠는 깔깔거리는 모습이 매번 똑같다.

"아이고, 정신없어!"

아빠의 작품을 대번에 떼어버린 엄마의 곡소리는 내내 울려 퍼졌다. 그럴 만도 했던 것이, 퇴원 당일 엄마는 반나절 넘게 한 번 앉을 새도 없었다. 아빠가 집안 정리를 하긴 했지만, 엄마는 성에 차지 않았던 모양이다. 엄마는 정리를 다시 한다며 온 집안을 뒤집어엎다시피 했다.

돌아오자마자 엄마는 내가 생활할 공간을 마련했고, 그러는 틈틈이 저녁을 챙겨주고 석션을 하는 등 나를 돌보는 것을 잊지 않았다. 안 그래도 정신없는 엄마를 한술 더 바쁘게 만든 것이 있었으니, 그것은 바로 나의 식사였다. 수술하면 먹지도 말하지도 못한다는 말에 충격받은 나는 정말로 그런 줄만 알고 말하는 것과 먹는 것을 포기한 채 수술했다. 하지만, 그것은 괜한 기우였다. 정말 말이 안 나오는 줄로만 알았기에 수술 후 이튿날까지는 하고 싶은 말이 있어도 입을 열지 않았다.

예전처럼 수다를 떨기 시작한 것은 수술 사흘째 되는 날이었다. 우연히 입을 열었는데 목소리가 나온다는 것을 알게 된 이후부터였다. 수술한 뒤이다 보니 그 전처럼 목소리가 시원스럽게 잘 나오진 않았지만, 중환자실에서도 입에 호흡기를 달고 있느라 근 한 달 동안 말을 못 했던지라 일단 목소리가 나온다는 것만으로도 충분히 감지덕지였다.

하루가 다르게 목소리도 더 커지고, 발음도 더 좋아지면서 나는 수술 전과 같이 수다쟁이 면모를 아낌없이 드러냈고, '정말로 말을 못 했더라면 어땠을까. 생각만 해도 끔찍하다.'를 되뇌며 더욱 열심히 떠들었다. 어쩌면 내가 병실에서의 감정의 소용돌이를 어찌어찌 버틴 것도, 대화가 가능하다는 것에서 위안을 얻었기 때문인지도 모르겠다.

하지만 비교적 수월했던 말과 다른 한 가지, 바로 '식사'는 생각보다 간단하지 않았다. 제대로 식사하기까지 나는 심장이 철렁거리는 경험을 해야 했다. 그것도 몇 번이나 말이다. 이유는 간단했다. 의사들 사이에서 의논이 이루어진 것이다. 바로 '조수빈 환자에게 입으로 먹으라 해도 되는가, 아니면 위루관을 뚫어야 하는가.' 하는 것이 안건이었다.

위루관, 낯선 단어가 등장하였다. 위루관이란, 입이 아닌 관을 통해 영양분을 섭취할 수 있게 해주는 의료적 처치이다. 안타까운 사실이지만, 주변에는 여러 가지 사정으로 인해 입으로 음식을 섭취하지 못하는 경우가 은근히 많다. 하지만 사람은 영양분을 공급받지 않고는 살 수 없는 존재. 어쩔 수 없이 밖에서 인위적으로 몸 안에 영양분을 공급해주는 것이다. 이러한 의료적 처치는 비위관과 위루관으로 나뉘기도 하는데, 비위관이란 바로 콧줄을 의미한다. 내가 젖을 거의 빨지 못해 일어난 탈수로 돌쯤에 했었던 그것. 코로 관을 넣어 음식물을 위까지 직통 연결해주는 그것 말이다. 보통 입으로 먹지 못하는 경우, 처음에는 콧줄을 달고 있곤 한다. 하지만 콧줄은 1년이고 2년이고 무한정으로 할 수 있는 것이 아니다. 줄이 코로 들어가는 것이기에 위생적으로도 그다지 좋지 않거니와, 일정 기간마다 줄을 교체하는 것이 이만저만 힘든 일이 아니기 때문이다. 생각해보라. 두꺼운 줄이 코를 통해 위까지 진입한다면, 환자가 얼마나 고통스럽겠는가? 어른이든 아이든 간에 고문이 따로 없을 것이다.

그러한 이유로 인해 음식을 입으로 섭취하지 못하는 상태가 오래간다면 의료진들은 위루관을 권유한다. 코로 줄을 삽입하는 것과 달리 위루관은 배 근처에 구멍을 뚫어 장치를 달아둔 뒤, 보호자가 호스에 액체류를 담아 연결해주는 방법이다. 배 근처에서 들어가기에 콧줄보다 더 직통으로 영양분이 위에 전달되고, 콧줄보다 더 위생적이라고 할 수 있을 것이다. 다만, 의사와 재료만 있다면 현장에서 즉시 할 수 있는 콧줄 연결과 달리 위루관을 하기 위해서는 외과적 수술이 필요하다. 콧줄보다 위루관이 지니는 무게감이 더 무겁다고 해야 할까. 또한 연결되는 줄이 얇기 때문에 액체류의 분유나 약, 물만 주입할 수 있다. 다시 말해, 고체류는 안 된다는 이야기이다.

이러한 위루관 수술이 우리 가족에게 대두되었다. 의사는 말했다. 위루관 수술을 고려해보자고. 즉, 음식물을 입으로 먹느냐, 수술해서 인위적으로 넣어주느냐 하는 갈림길에 서게 된 것이다. 나의 의사를 묻는다면, 물을 필요도 없이 입으로 섭취하는 것이었다. 음식을 먹을 때 느끼는 재미와 행복감이 얼마나 큰 것인가. 내가 비록 먹는 것을 그리 즐기진 않았지만, 그래도 내 입에 맞는 음식들이 많이 있었고, 많이 먹지는 않아도 나는 그 음식들을 먹을 때 즐거웠다. 그런데 그 즐거움을 다시는 느끼지 못할 수도 있는 위기에 놓인 것이다. 나는 다짜고짜 위루관 수술을 언급하는 의료진들에게 '호흡이 안 된다고 수술을 시키더니 이제 먹지도 못하게 할 심산이냐'며 분노를 터뜨렸지만, 사실 병원 측에서 멀쩡히 잘 먹는 사람에게 대뜸 얼토당토않은 소리를 한 것은 아니었다.

위루관을 하는 게 어떠냐는 의사의 말이 나오게 된 사건은 기관절개 3일 차, 일반 병실에 올라온 지 하루밖에 지나지 않았던 날, 아침 식사 시간에 발생했다.

"오늘 밥 먹을 수 있지?"

"그래, 이따가 밥 나온대."

3주 동안 중환자실에 누워서 물 한 모금도 마시질 못했던 나는 병실에서의 식사를 그야말로 학수고대했다. 근 한 달을 음식이라곤 입에 대보지도 못한 채 오로지 콧줄로만 영양분을 공급받았으니, 그리 좋아하지도 않았던 음식이 너무나도 그리웠던 것이다. 오죽했으면 중환자실에 있을 당시, 물이 너무나 마시고 싶은 나머지 엄마에게 물병을 가지고 오라고 하여 눈앞에서 흔들어보기까지 했다. 그렇게 음식을 그리워하던 나날을 보내던 중, 드디어 일반 병실에서 그토록 고대하던 '밥 다운 밥'을 마주한 것이다.

집에서 늘 먹던 밥이지만, 유난히 특별하게 느껴졌던 그날의 식단에는 내가 좋아하던 계란말이도 있었다. 나는 힘겹게 침상에 걸터앉으며 계란말이를 한 입 베어 물었다.

"맛있어."

"맛있어? 축하한다, 수빈아. 드디어 먹네!"

나는 몸에 있는 모든 감각을 총동원해 맛을 음미하며 즐겁게 식사를 이어 나갔다. 하지만 안타깝게도 실로 즐거웠던 이 식사는 미처 오 분도 지나지 않아 산산조각이 나고 말았다. 난데없이 기침이 터져 나온 것이다. 원인은 가래의 출물이었다. '평소에는 멀쩡하다가 하필 오랜만에 밥을 먹을 때 출물이 올 게 뭐람?' 하고 불평했지만 사실, 가래가 출물한 것은 내 실수에서 비롯된 것이었다. 식사가 오기 전, 간호사들이 혹시 모를 사태에 대비할 겸 가래를 한 번 뽑자고 했는데, 한시라도 빨리 밥을 먹고 싶은 마음에 성급하게 간호사의 말을 무시했던 것이다. 1분 1초도 참지 못하는 급한 성격이 일으킨 참사라고 하겠다.

"야, 그러게 간호사가 가래 한 번 뽑고 먹으라니까…!"

엄마는 잔소리를 하면서도 가래 문제를 해결하기 위해 간호사를 호출했다. 가래 뽑기 생초보인 본인을 대신해서 나의 가래를 뽑아달라고 부른 건데, 내 상태를 본 간호사들은 고개를 절레절레 저었다. 이유인즉슨, 밥 먹은 직후에는 가래를 빨아들일 수가 없다는 것이었다. 음식물을 섭취한 후 소화가 제대로 안 된 상태에서 케뉼라에 카데터를 집어넣었다간 자칫 음식물이 폐로 흡인될 수도 있기 때문이었다. 하지만 나는 당장 불편한 이 상황을 해결하고 싶은 마음이 컸다. 흡인은 나중 이야기이니 얼른 가래를 뽑아달라고 사정하다시피 했고, 마침내 한 간호사가 고맙게도 석션에 나서주었다.

"이게 뭐지?"

한창 석션을 하던 간호사의 눈이 별안간 휘둥그레졌다. 그녀의 눈동자는 석션한 호스에서 떨어질 줄을 몰랐다. 석션을 하게 되면 석션 기계와 연결된 호스로 가래가 얼마나 많이 나왔나 확인을 할 수가 있는데, 가래 아닌 것, 즉 나오면 안 되는 것이 난데없이 튀어나온 것이다. 그 불청객은 다름 아닌 "음식물"이었다.

석션에서 음식물이 튀어나왔다는 것은 결국 내가 방금 먹었던 것들이 폐로 넘어가버렸다는 것을 뜻한다.

그 즉시 근 한 달 만에 먹었던 식사는 중단되었고, 음식물 출물 소식에 놀란 여러 의사가 앞다투어 나의 병실을 찾아와 알 수 없는 이야기를 한 보따리 토해내고 갔다. 저녁이 되어서야 의사들이 그리 열변을 토했던 이야기가 무슨 이야기였는지 정확하게 알 수 있었다. 앞서 언급했듯 의사들은 위루관을 권유하고 간 것이었다.

흡인성 폐렴은 보통 폐렴보다도 더 무서운 것이었다. 아빠는 잔뜩 찌푸린 얼굴로 음식물이 흡인되어 일어난 폐렴은 치료할 방도가 없고, 심하면 죽을 수도 있다고 설명했다. 뒤늦게 음식물이 폐로 흡인되었다는 것을 알았다 한들, 음식물은 이미 한참 전에 흡인된 것인데 그걸 어떻게 빼내겠느냐는 것이었다. 결국, 폐가 망가져 죽을 수도 있다는 말에 나는 크나큰 충격을 받았다. 아빠는 석션에서 먹던 음식이 나온 이상 위루관을 해야 할 수도 있다면서, 그럼 다시는 입으로 밥을 먹지 못하는 것이라는 어마 무시한 발언을 아무 거리낌 없이 속사포로 퍼부었다. 그리고 놀라 정신 못 차리는 나를 놔두고 그 길로 자리에서 일어났다. 그날 밤, 나는 딸내미를 놀래놓고 아무렇지 않아 하는 아빠에 대해 분노를 퍼부으며 '냉정한 아빠, 피도 눈물도 없는 아빠'를 수없이 뇌까렸다.

그래, 아빠라고 해서 마음이 무너지지 않았을까. 그때야 철모르는 열두 살이었던지라 그저 냉정하다고만 생각하고 서운해했지만, 열일곱인 지금은 알고도 남는다. "위루관"이란 말이 의사 입에서 튀어나오자마자 아빠 심장도 몸 밖으로 튀어나올 뻔했을 것이라는 것을. '사랑하는 딸이 이제 입으로 먹는 것조차 못 하나.' 싶은 걱정에 마음이 무척이나 심란하였을 것이란 것을. 다만, 아빠가 자신의 모든 걱정과 근심을 감추고 나에게 다소 야박하다고까지 할 수 있을 무서운 발언을 한 것은, 나에게 경각심을 주기 위해서였을 것이다. 사실 열두 살은 어린 나이이긴 하지만, 그렇다고 아예 아무것도 모르고 날뛸 만큼 마냥 어린 것도 아니다. 이미 생각 깊은 아이들은 철도 들었을 나이. 자신의 행동이 어떤 결과를 불러올 수 있는지 생각해야 하는 나이이다.

그러나 그때의 나는 나의 행동이 가져올 결과 같은 것에는 전혀 관심이 없었고 내가 하고 싶은 대로만 하려고 했던 다소 철없는 아이였다. 아빠는 알려주고 싶었을 것이다. 위루관은 앞으로 내 식사에 대한 방향을 결정짓는 중차대한 일이니 나 자신이 일의 심각성을 느끼고 잘 행동해야 한다는 것을. 어린아이처럼만 굴면 안 된다는 것을.

어떻게 해서든지 입으로 밥을 먹게 해주고 싶었을 **아빠**.
네 행동에 따라 앞으로 너의 인생이 바뀔 수도 있다는 점을
알려주고 싶었을 **아빠**.
그래서 더더욱 독하게 딸을 몰아붙였을 우리 **아빠**.

고맙고 또 고맙다.

아픈 아이라고 마냥 오냐오냐하지 않고 때로는 단호하게 혼내고, 장차 내가 사회의 일원으로서 살아가며 알아야 할 것들은 모두 알려주어서.

어쨌거나 아빠의 다소 독한 말에 충격받은 나는 걱정에 휩싸였다. 아니, 그것은 걱정이라기보다는 두려움이었다.

**'앞으로 내가 두 번 다시 입으로 먹지 못하면 어떡하지?',
'위루관을 해서 평생 배의 관으로만 음식을 섭취해야 하면 어떡하지?',
'위루관을 안 하면, 입으로 먹다가 흡인성 폐렴이 와서 죽을지도 몰라.'
하는 식의 두려움 말이다.**

의사들은 내가 아예 못 먹는 것은 아니지만, 그렇다고 잘 먹을 수 있는 것도 아니고, 석션 중 음식물이 나온 것으로 보아 삼키는 것도 완전하지는 않은 것 같다고 말했다. 그런 상황에서 음식을 먹다가 정말 흡인성 폐렴이 오기라도 하면 그때는 정말로 일이 커지기에 삼킴검사를 해보자고 하였다. 말 그대로 내가 무언가를 삼키는 모습을 x-선을 통해 살펴본 뒤, 먹어도 되겠다는 판단이 서면 먹고, 위험하다는 판단이 선다면 그때는 위루관을 하자는 것이었다. 나는 '검사'라는 것이 불안했지만, 그래도 단호하게 "입으로 먹으면 안 됩니다. 위루관 뚫읍시다."라고 하지 않은 것만으로도 다행이라고 생각했다.

먹느냐, 못 먹느냐가 걸린 중차대한 검사. 우리 모녀는 석션하는 호스에서 음식물이 나왔던 그날처럼, 삼킴검사를 하다가 또 가래가 나와서 검사에 통과하지 못할까 봐 불안한 나머지, 검사 몇 시간 전부터 내 몸에 있는 가래란 가래는 모조리 씨를 말려버릴 기세로 뽑아댔다. 내가 입원 중이었던 병실에는 나와 같은 병명을 가진 아이의 어머니가 계셨는데, 그분은 기관절개 쪽으로 웬만한 교수 뺨치는 실력을 갖추고 계셨기에 그분에게 도움을 요청했다. 고맙게도 그분은 엄마의 부탁을 듣고 그야말로 두 발 벗고 나서주셨다. 몇 시간 동안 석션만 해댄 보람이 있었을까, 마침내 의사 입에서 "음식물이 약간 넘어가긴 하지만 입으로 먹어도 될 듯합니다." 하는 말이 흘러나왔다. 먹어도 된다니. 아! 얼마나 듣고 싶었던 말이던가!

담담하게 쓰는 글이지만, 당시 내 마음은 정말 하루에도 몇 번씩 요동쳤다. '위루관 뚫게 되면 어떡하지?' 하는 생각에 수술할 것을 떠올리며 몸서리를 치기도 했다. 그야말로 살얼음판을 걷는 심정으로 검사 결과를 기다렸다. 당일에 나온다는 검사 결과가 늦어져 하루 미뤄졌을 때, 무언가 잘못된 걸까 싶은 마음에 불안함이 솟아오르기도 했다. 그리 애태우던 검사 결과이지만, 먹어도 된다는 단 한 마디에 그동안 느꼈던 모든 수만 가지 감정이 깨끗이 사라지고 그 자리에는 기쁨만이 남아 나를 춤추게 했다. 남들은 당연히 입으로 먹는 밥인데, 나는 그 한마디로 세상을 다 얻은 것 같은 기분이 들 정도였다. 즐거워하며 다짐했다. 앞으로는 정말 잘 먹겠다고, 먹는 것을 힘들어하거나 귀찮아하지 않고, 먹을 수 있다는 것에 감사하며 즐거이 먹겠노라고.

먹는다는 것 그 자체만으로도 행복하고 감사하기 그지없었던 시절이 있었다. 최선을 다해서 먹겠다고 다짐하고 또 다짐했던 열두 살. 그런 시절이 있었거늘, 요즘 나는 매번 그때의 다짐을 잊는다. 입으로 먹을 수 있다는 것만으로 감사하겠다는 다짐과는 다르게 반찬이 맛없다고 불평하고, 내가 싫어하는 반찬이 나왔다고 인상을 있는 대로 찌푸리고, 가래가 있는데도 그냥 음식물을 쑤셔 넣는 나를 자주 발견한다. 못 먹을까 봐 노심초사하며 다 좋으니 먹게만 해달라고 간절히 기도하던 당시의 나는 어디로 간 것인지. 지금도 식사에 대한 나의 긴장이 풀어지거나 불평불만이 터져 나올 때면 되뇐다. 정말로 잘 먹겠다던, 먹을 수 있다는 것만으로도 세상을 다 가진 것처럼 행복하다고 했던 5년 전의 나의 다짐을 말이다.

"오늘도 잘 먹었습니다. 먹을 수 있음에 늘 감사하겠습니다."

누군가에게는 당연할지 모르지만, 나에게는 그것조차 참 감사한 일이다. 그것이 작은 것에도 감사하는 마음으로, 소소하지만 확실한 행복을 찾는 내 일상이다.

우여곡절 끝에 먹어도 된다는 허락을 받은 나는 그때부터 본격적으로 '식사 적응기'에 들어갔다. 사실, 삼 주 만에 음식을 먹었던 날, 식사 중 가래가 출물하여 난리가 난 데에는 병원 측의 실수도 어느 정도 있다고 볼 수 있다. 아무것도 하지 못하고 중환자실에 가만히 누워 있기만 한 시간이 무려 삼 주, 가뜩이나 근력이 약한 나는 단 하루만 안 움직여도 딱 티가 날 정도로 근력 저하가 심하다. 걸어 다니던 시절, 하루 안 걷다가 다음 날 나가보면, 마치 몇 달 안 걸은 것처럼 힘이 들곤 했다. 그런데 무려 삼 주 동안이나 그저 누워 있기만 했으니 몸에 있는 근력이란 근력은 모조리 빠져나간 상황이었다. 삼키는 기능까지 모두.

　비단 내가 장애가 있기 때문은 아니다. 건강한 사람들도 이런저런 이유로 며칠 밥을 먹지 못했을 때는 속이 놀랄 것을 대비해서 미음이나 죽을 먹지 않는가. 하물며 나는 희소 질환 환자이니 더더욱 먹는 것에 신경을 써줬어야 한다고 본다. 병원 측에서 내준 식사는 미음도 죽도 아닌, 일반인들이 먹는 그런 고형식이었다. 입에 음식물 들어간 것이 실로 오랜만인데, 입자들이 큼직큼직하고 덩어리진 고형식을 섭취했으니 속에서 안 받는 것도 어쩌면 당연한 일이었을 것이다. 미음부터 시작하여 서서히 적응하게 해줘야 하는데, 환자의 상태에 맞게 음식을 준비하지 못한 것은 병원 측의 실수라고 할 수 있을 것이다.

　먹네, 마네로 심각한 고민을 거친 후 마침내 다시 음식물을 섭취할 수 있다는 결론이 났을 때, 병원 측에서도 상당히 놀랐는지 이번에는 비로소 미음이 등장했다. 오매불망 '식사다운 식사'의 등장을 기다리고 있던 나는 그저 멀겋기만 하고 맛이라고는 거의 없다시피 한 미음의 등장

에 이루 말할 수 없이 실망하였다. 그러나 '이거라도 먹는 게 어디야. 만약 삼킴검사에서 못 먹는다는 결과가 나왔으면 지금쯤 나는 이미 위루관 수술을 했을지도 모르는데.' 하고 위로하며 애써 맛없는 미음을 삼켰다. 너무 맛이 없어서 간장을 섞어 먹어보았지만, 그래도 맛없는 건 매한가지였다.

"이 미음은 언제까지 나오는 거야?"

"내일까지 나온대."

"그럼 이제 모레부터는 제대로 된 거 먹을 수 있는 건가?"

나는 꾸역꾸역 미음을 넘기며 내일모레 나올 식사를 기다렸다. '내일모레는 미음이 안 나온다고 했으니까 내가 기관절개 하기 전에 먹던 그런 반찬이 나오지 않을까?', '병실로 올라와서 맨 처음에 먹었던 그런 밥상이 나오지 않을까?' 하는 기대감이었다. 일반인처럼 고형식을 먹었다가 난리 난 것이 일주일도 안 된 일이었는데도, 삼킴검사 결과를 기다리며 피가 마르던 며칠 전의 기억은 어느새 저 안드로메다로 날려 보내고, 언제 그랬냐는 듯 예전처럼 밥을 먹게 해달라며 짜증을 부렸다.

하지만 이번엔 병원이 제대로 된 순서를 밟았다. 미음을 끝낸 후 죽이 나온 것이다. 미음보다는 입자가 커졌다고는 하지만 죽도 내가 기대하던 일반식에 비하면 실망스럽기는 마찬가지. 무엇보다 내가 경악을 금치 못한 것이 있었으니, 바로 함께 나온 반찬이었다. 병원에서는 식사가 나올 때 뭐가 나왔는지에 대해 알려 주는 식단표도 같이 나오는데, 식단표를 확인하니 '달걀, 연어' 등의 반찬이 나왔다고 적혀 있었다. 기대를 하며 반찬 뚜껑을 열자마자 내 입에서는 "에엥? 이게 뭐야?" 하는 말이

절로 튀어나왔다. 분명 달걀과 연어라더니, 두 반찬의 형체는 전혀 알아
볼 수 없고 그저 약간의 냄새만 날 뿐이었다.

그렇다. 반찬을 주긴 주되 혹시 모를 위험에 대비하고자 모든 반찬을
다 갈아버린 것이다. 그러니 달걀과 연어의 본래 형체는 눈을 씻고 찾아
봐도 없을 수밖에. 입이 댓 발 나온 나에게 엄마는 "야, 이거 연어래. 이
거 좋은 생선이야.", "(한 입 먹어보고) 갈았어도 맛은 나네. 달걀 맛이 난다.
먹어봐." 하며 열심히 위로를 건네고 기운을 북돋아주고 있었다.

안 먹고 살 수는 없으니까, 위루관 뚫는 것에 비하면 간 음식이라도
먹을 수 있는 게 백배 천배 나으니까. 나는 애써 마음을 가라앉히며 어쩔
수 없이 엄마가 내미는 '반찬 간 것'을 받아먹었다. 말이 반찬이지 거의
죽 수준인 그 액체를. 별 기대 없이 먹었건만, 생각 외로 그 '반찬 간 것'
은 맛있었다. 반찬 특유의 향도 퍼져서 아쉬워하면서도 나름 만족하며
'반찬 간 것'을 끼니마다 섭취했다. 엄마 아빠가 먹는 일반식을 보며 "나
는 언제 그런 거 먹을 수 있어?" 하고 징징대기는 했지만 말이다.

석션에 익숙해지랴, 케뉼라 교체하는 연습을 하랴, 이런저런 교육 들
으랴 충분히 정신없는 병실 생활에서 나는 기관절개 후 나의 몸에 스스로
적응하지 못해 속앓이했다. 그것도 모자라 밥을 먹지 못할까 봐 걱정하는
등 마음고생이 무척이나 심했다. 몸 고생과 마음고생 있는 대로 하는 병
실 생활은(물론 중환자실에서보다야 훨씬 나았지만) 눈썹 휘날리도록 바빴다. 시
간이 어느 정도 지나 엄마의 석션 실력이 어느 정도 성장하고, 케뉼라 가
는 것에 익숙해지고, 밥 먹는 것에도 적응하자 그제야 **퇴원**할 수 있었다.

집에 와서도 할 일은 무척이나 많았다. 외려 병원에서보다 더 많았다. 병원에서는 간호사들이 챙겨주던 것들을 엄마가 모두 다 챙겨야 하는 상황이었기에 더 바쁠 수밖에 없었다. 하지만 마음은 훨씬 편했다.

우선 익숙하디익숙한 공간이었고,
내가 좋아하는 것들이 많았고,
먹는 것도 병원에서보다 자유로워졌고,

우리 가족이 언제나 **함께**였으니까.

병원에서는 반찬이고 밥이고 전부 갈려서 나왔지만, 집에 오자마자 음식의 입자가 껑충 뛰었다. 병원에서처럼 모든 반찬을 다 갈아서 주기가 여의찮았던 탓이었다. 덕분에 한 달 반 만에 드디어 '음식다운 음식'을 마음껏 먹은 나의 기분은 날아올랐지만, 엄마와 아빠의 걱정은 나의 기분에 반비례하여 늘어만 갔다.

그러던 어느 날, 기어이 아빠가 그토록 염려하던 일이 터지고야 말았다. 병원에서와 비슷한 상황이 다시 반복된 것이다. 밥을 먹다가 가래가 나와 석션을 했는데, 그러는 과정에서 방금 섭취했던 참치 조각이 출물했다. 조그마한 참치 조각이 눈에 들어오자마자 우리 집은 비상 체제에 들어갔고, 아빠는 내 앞에 앉아 매우 심각한 표정으로 다소 무시무시한 말들을 내뱉으며 '흡인성 폐렴의 위험성'에 대해 다시 한번 설교했다. 무려 한 시간 동안이나 말이다.

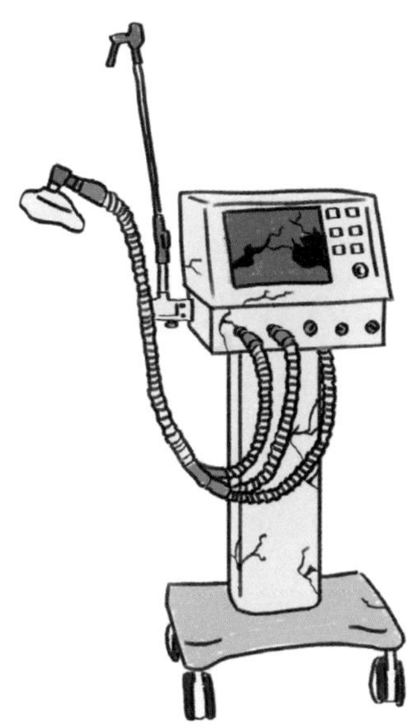

퇴원한 지 얼마 안 되었을 때 일어난 일을 말하자면, 절대 빼먹어서는 안 될 일화가 하나 있다. 그날은 퇴원한 이후 처음으로 마요자임 치료차 병원 외래를 간 날이었다. 할 일을 모두 끝내고 집에 가기 전, 소변을 보기 위해 들어간 장애인용 화장실에서 대형 사고가 발생했다. 호흡기 기계가 깨진 것이다. 깨진 기계가 제 기능을 할 리 만무했고, 바람이 안 들어오는 바람에 나는 호흡이 안 된다고 호소했다. 화장실 내의 비상 버튼을 누르자 비상 요원과 간호사들이 달려왔고, 아빠는 울먹이는 엄마에게 울지 말고 침착하라고 일갈했다. 애써 정신을 붙잡은 엄마가 긴급하게 호흡기 회사에 연락해 기계가 깨졌다는 사실을 알리는 동안, 아빠는 호흡기 없이 호흡하지 못하는 나에게 산소 공급에 나섰다.

호흡이 힘든 환자에게 예상치 못한 상황이 발생하였을 때, 비상용으로 쓰는 것이 바로 엠부다. 제철로 된 공기주머니라고 생각하면 쉬울 텐데, 공기주머니가 있는 부분을 눌러서 환자에게 산소를 공급해주는 것이다. 물론 인공호흡기를 대체할 수 있는 기계는 아니지만, 다급할 때 몇 시간 정도는 버틸 수 있는 유용한 의료용품이다. 아빠는 손톱이 부러질 정도로 엠부를 짰다. 두 시간쯤 지났을까, 드디어 호흡기 회사 직원들이 새로운 호흡기를 들고 헐레벌떡 병원에 당도했다. 직원들의 목소리가 들리는데, 흡사 그 목소리가 천사의 목소리처럼 들렸던 것 같다. 그분들은 그렇게나 당시의 나에게 구세주나 다름없었다.

새로운 기계로 교체한 후, 한숨 돌린 우리 가족은 이만하길 다행이라며 안도의 한숨을 내쉬었다. 호흡기 회사 직원들이 오는 데 걸린 시간 약 두 시간, 그 긴 시간 동안 내가 버틸 수 있었던 것은 모두 엠부 덕택이었다. 호흡기 환자가 있다면 비상시를 대비해 필수로 준비해야 하는 것이 엠부이건만, 기관절개 한 달 차, 모르는 것 천지였던 우리는 '설마하니 엠부를 쓸 일이 생기겠어?' 하는 안일한 생각으로 엠부를 집에 놔두고 오는 큰 실수를 저질렀다. 병원이었기에 엠부가 준비되어 있어서 망정이지 만약, 엠부가 없는 장소에서 호흡기 기계가 깨졌더라면 어떤 상황이 벌어졌을까. 그건 상상도 하기 싫을 정도다. 우리 가족은 그날 이후로 집 밖을 나설 때면 1순위로 가방에 엠부를 넣곤 한다.

거듭거듭 말하지만, 호흡기 환자는 정말 예상치 못한 사건 사고가 곳곳에서 불시에 터져 나온다. 그렇기에 꼭 말하고 싶다. 호흡기 환자와 외

출할 때는, 아무리 가까운 곳에 가더라도 꼭 비상용품을 모두 챙겨가라고. 석션기와 카테터는 물론이고 엠부 심지어 케뉼라까지 관련된 용품들은 모두 싸가는 게 안전하다. '설마 무슨 일이야 있겠어?' 하는 식의 방심은 호흡기 환자의 보호자로서 절대 해서는 안 되는 생각이다. '설마가 사람 잡는다'고, 무슨 일이 있기야 할까 했다가 우리 가족처럼 큰코다치는 수가 있다. 물론 별문제가 생기지 않는 게 가장 좋은 거지만, 그래도 혹시 모를 상황이라는 게 있지 않은가.

언제나 긴장을 놓아서는 안 되는 보호자는 그야말로 '극한 직업'이 따로 없다. 다행히도, 기계가 깨지는 수준의 큰 사고는 발생하는 빈도가 낮다. 대신, 일상에서 겪는 자잘한 문제들은 정말로 많다. 초반에는 늘 배운다는 마음으로 환자를 돌보아야 할 것이다. 우리 가족 역시 가래 때문에 케뉼라가 막히고, 갑자기 호흡이 안 돼서 기계의 수치가 마구 떨어지고, 산소포화도가 안 나와서 온 가족을 전전긍긍하게 만드는 등 일일이 열거하기 힘들 정도의 사건 사고들을 무수히 겪어냈다.

한 번씩 문제가 생길 때마다 보호자는 진땀을 흘리며 이렇게 해보고, 저렇게 해보는 등 온갖 수를 다 써봄으로써 차차 '기관절개 환자 돌보기'에 익숙해지고 점점 기술이 늘게 된다. 경험이 쌓이면 무슨 문제가 생겨도 허둥지둥하지 않고 침착하게 해결 방안을 찾아낼 수 있다. 처음에는 죽을 듯이 힘들고, 못 할 것 같은 생각이 들지만, 결국엔 다 해낸다. 그것도 자신이 생각하는 것보다 아주 훌륭하게.

그렇게 하다 보면 어느새 매우 익숙한 손놀림으로 환자를 돌보는 자기를 발견할 수 있을 것이다. 기관절개 환자뿐 아니라 다른 환자를 돌보

는 것도 다를 바 없다. 다소 속 편한 소리로 들릴지 모르겠지만, 일단 막
막하더라도 이것저것 시도해봐야 한다. 죽이 되든 밥이 되든 이런저런
방법을 시도해보아야 본인과 환자에게 잘 맞는 방법을 찾아낼 수 있기
때문이다. 그렇게 시행착오를 거치다 보면 잘 맞는 방법이 나오고 처치
들이 손에 익을 것이다. 힘들어서 문제지 결국은 해낸다. 죽으란 법은 없
고 '인간은 적응의 동물'이라는 말이 정확하다.

하지만, 알고 있다. 환자와 보호자의 마음은 이런 텍스트 몇 개로 간
추릴 수 없을 만큼 복잡하고 힘들다는 것을. 당사자들의 아픔을 어느 누
가 알 수 있을까? 물론 공감하고 함께 아파할 수는 있지만, 그렇다고 하
여 환자와 보호자가 정확히 어떤 기분인지 알기란 이만저만 어려운 일
이 아니다. 아마 똑같은 처지가 되지 않는 이상 그 마음을 완벽하게 알아
내기는 어려울 것이다.

실감하기 어려울 독자들을 위해 기관절개 직후 나의 심정을 말하자면, 그야말로 '천 길 낭떠러지로 떨어지는 기분'이었다. 이제 어떻게 해야 할지 갈피를 잡을 수 없고, 앞으로 나아갈 수 없고, 가려 했다가는 그대로 보이지 않는 곳으로 떨어질 것 같은 암담함을 느꼈다. 기관절개를 하지 않은 모든 사람이 다 부러웠고, 장애가 없는 사람들이 부럽다 못해 억울함까지 느껴졌다.

'저들은 모두 정상인데 왜 나만 이렇게 태어났을까?'
'병에 걸릴 거라면 치료라도 할 수 있는 병에 걸릴 것이지,
왜 하필 평생 치료를 해야 하는 폼페병을 만났을까.'

물론 세상에 있는, 셀 수 없을 정도로 많은 종류의 병이 있다. 오로지 폼페병만 힘들고 다른 병들은 아무것도 아니라는 식의 이야기는 아니다. 폼페병 환자인 내가 힘들어했듯이, 다른 환자들도 각자 자기 병에 대한 고충이 있을 것이고 개개인에게 힘든 점이 있을 것이다. 이는 꼭 장애인들만의 이야기가 아닌, 일반인들에게도 마찬가지로 해당하는 이야기이다.

세상에 고민을 전혀 안 하고 사는 사람이 어디 있을까? 크고 작고의 차이일 뿐이지, 사람은 모두 자기 몫의 고민을 가지고 살아간다. 그리고 남들의 고민이 아무리 크고 힘들어도 자기의 작은 고민에 비할 바가 못 된다. 즉, 사람들은 남들이 힘들어해도 우선 자신에게 닥친 일에 관심이 훨씬 많다는 것이다.

나 역시 그렇겠지.

　내가 비록 힘들지만 분명 세상에는 나보다 더 안 좋은 장애를 가지고 훨씬 더 힘들게 살아가는 사람들도 많을 것이다. 그들에 비하면 나는 무척이나 행복한 편이지만, 나는 나보다 힘든 사람들에게는 관심을 주지 않은 채 오로지 나보다 건강한 사람들만 바라보며 불평을 쏟아낸다.

　작은 것에도 감사하는 마음, 이만하길 다행이라는 마음, 앞으로 점점 좋아질 것이라는 희망으로 살아야 하는데, '긍정적인 마음으로 살기'는 5년 전 열두 살이었던 나에게 다소 어려운 일이었다. 5년 전뿐만이 아니다. 지금도 역시 '긍정적인 마음으로 살아야지!' 하고 다짐했다가도 무엇 하나가 거슬리면 언제 그랬냐는 듯 온갖 불만을 퍼부어대기 일쑤다. 정신 수양이 아직 멀었다는 방증이다.

우리 가족이 조금이나마 안정을 찾은 것은 기관절개 이후 6개월이 지난 2017년 9월쯤이었다. 그제야 간신히 요동치던 나의 심리가 진정이 되고, 모든 음식을 갈지 않고 본연의 모습으로 먹을 수 있게 되었으며, 엄마 역시 석션과 케뉼라 교체 등이 손에 익게 되었다. 물론, 손에 익었다고 하여 어떤 일이 생겨도 전혀 당황하지 않고 척척 해결할 수 있게 되었다는 것은 아니다. 나름 안정기에 접어든 이후로도 어쩌다 내가 몸이 불편하다 할 때면 그 순간 집안에 온도가 확 떨어져 가족들은 얼음장같이 굳어버렸고, 케뉼라를 갈 때면 긴장한 나머지 엄마의 손이 덜덜덜 떨리는 게 내 눈에도 다 보일 지경이었다. 심지어 기관절개 5년이 지난 지금도 케뉼라를 교체할 때면 엄마의 손은 여전히 덜덜 떨린다.

"평생 해도 평생 떨릴 것 같아."

엄마는 종종 이렇게 말하곤 한다. 이제 기관질개와 관련해서는 산전수전을 다 겪어봤을 정도지만, 보호자에게 환자를 돌보는 일은 긴장의 연속인 듯하다. 매번 해도 할 때마다 떨리고, 몇 번이나 겪었던 일인데도 여전히 긴장되는 것은 환자나 보호자나 마찬가지지만, 종종 환자보다 보호자가 외려 더 긴장하는 것 같은 모습이다. 보호자로서 환자의 모습을 오롯이 지켜봐야 하는 것이 힘든 것 같다. 때로는 힘든 당사자에게 아무것도 해주지 못하고 그저 무기력하게 바라볼 수밖에 없는 보호자가 더 힘든 모양이다.

나는 환자의 힘듦만 알 뿐, 보호자의 고충을 속속들이 다 알 수는 없기에 '대충 이러한 마음이겠구나.' 여기며 엄마의 마음을 이해하려 노력하고 있다.

그렇기에 환자와 보호자는 절대 서로를 원망하거나 비난하지 말고, 서로 조금씩 양보하며 타협점을 찾는 것이 중요하다. 두 사람의 호흡이 잘 맞아야 병과 잘 싸울 수 있다. 만약 환자와 보호자 사이에 싸움이 난다면, 큰 적을 앞두고 동맹끼리 싸워서 상황을 몇 배는 더 악화시키는 격이다.

내 상태가 좋을 때는 비교적 엄마의 마음이 잘 헤아려지는 편이다. 엄마에게 힘을 주기 위해 "엄마 사랑해~" 하고 다소 낯간지러운 애정 표현을 하기도 한다. 하지만 내 몸이 조금이라도 안 좋아진다면, 엄마 마음 헤아리기 따위는 온데간데없이 사라져버리고 만다. 몸 상태가 난조일 때, 엄마의 고충 헤아리기는 둘째치고 엄마에게 "왜 나를 이렇게 만들었어!"하고 원망이나 안 하면 다행이다. "왜 나를 이렇게 낳았어!"란 좀 잘 낳지 왜 폼페병을 가진 아픈 아이로 낳았느냐는 원망 가득 담긴 물음이자 분노인데, 내 심사가 안 좋아지면 어김없이 이 말이 튀어나오곤 한다.

사실 나야 홧김에 쏴붙이는 말이지만, 그 말을 듣고 있어야 하는 엄마는 말 자체만으로도 큰 아픔이고 상처일 것이다. 엄마에게 최고로 아픈 손가락은 언제나 나일 테니까. 말만 안 할 뿐, 엄마 역시 내가 병을 가지고 태어난 것에 대한 죄책감과 미안함을 항상 가지고 산다는 것을 잘 알고 있다. 안 그래도 내가 건강하지 못한 게 본인 잘못인 것만 같아 미안

하고 슬픈데, 딸의 입에서 "왜 나를 이렇게 낳았어!"란 말이 나온다면 그 것만큼 가슴 찢어지는 일이 없을 것이다.

나도 엄마가 이 말을 들으면 속상할 것을 뻔히 아는지라 되도록 꾹꾹 속으로 삼키지만, 감정이 격해지면 내 입을 어찌해볼 방도가 없다. 부끄 러운 사실이지만 때때로 정말 힘들 때는 엄마가 나에 대한 미안함을 많 이 가졌으면 싶어서 '마음 좀 아파봐!' 하는 심보로 일부러 원망하기도 한다. ***사실 내가 병을 가지고 태어난 것은 그저 운이 없어서였을 뿐, 우 리 가족 그 누구의 잘못이 아니다.*** "엄마와 아빠의 유전자가 이상해서 내가 돌연변이로 태어난 거다."라고 말하곤 하지만 그저 하는 말일뿐, 진짜 그런 것은 아니다. 이미 이렇게 태어난 몸, 원망해봤자 아무 소용도 없다는 것을 누구보다 잘 알고 있기에 공연히 엄마 마음에 상처만 남길 말을 하고 싶지 않은데, 화가 나면 나도 모르게 튀어나오는 말을 막기가 힘들다.

내가 "나를 왜 이렇게 낳았어!"라고 원망하는 경우는 대개 두 가지다. 갑작스럽게 내 상태가 안 좋아졌을 때와 운동할 때. 우리 가족은 한번 외 출할 때 호흡기 기계와 엠부 등등 비상용품을 한가득 챙겨야 하는지라 외출 자체가 힘들다. 외출이라고는 2주에 한 번 마요자임 효소 대체 요 법 치료차 방문하는 대학병원이 유일하기도 하다. 그 이외의 다른 건 모 두 집 안에서 해결하고 있다.

마찬가지로 운동 치료사 선생님도 집으로 불러 재활 치료를 받고 있 다. 내 몸에 조금이라도 도움이 되고자 하는 것이기에 그 의도야 매우 좋지만, 문제는 재활 치료라는 것이 무척이나 힘들다 못해 진짜 고통스럽다는 것이다. 특히나 운동 치료사 선생님이 유독 힘들게 할 때면, 나는 속에서 부글부글 분노가 끓어오르는 것을 느낀다. 그 분노를 어딘가에는 풀어야 하는데, 마땅히 풀 데가 없으니 만만한 엄마에게 화풀이로 "왜 나를 이렇게 낳았어!"라고 외치는 것이다.

운동 치료 외에 내가 엄마에게 그 말을 하는 경우는 대부분 건강 상태가 급격하게 나빠질 때다. 특히, 기관절개 수술을 받은 후 모든 기간을 통틀어 가장 몸 상태가 안 좋았던 2018년 전반기에는 "건강하게 낳아줄 것이지, 왜 나를 이렇게…!" 하는 말을 아주 하루가 멀다고 해댔다. 그 시기는 생각만 해도 등골이 송연해지면서 등줄기를 따라 땀이 줄줄 흐를 정도로 끔찍했던 시기였다.

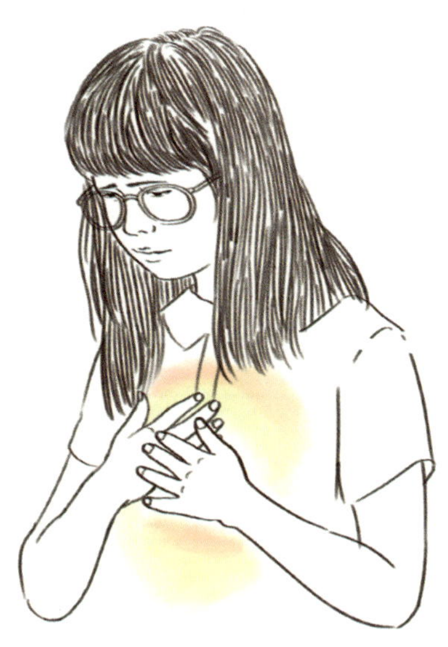

어느 정도였냐 하면, 하루라도 "가슴이 답답해!"를 외치지 않고 조용히 넘어가는 날이 없었다. 특히나 낮에는 괜찮다가도 저녁에 자려고만 하면 유독 더 답답해지는 탓에 '자는 것'이 공포가 되었다. 한 번씩 답답한 증상이 나오면 엠부도 짜보고, 케뉼라도 갈아보고, 누워보기도 하고, 다시 일어나고, 석션을 하는 등 온갖 방법을 모두 시도해보았지만 답답함은 쉽게 가시지도 않았다. 40분이 그나마 짧게 고생했던 거였고, 가장 길게 답답함을 느꼈던 날은 무려 두 시간 동안이나 잠들지 못한 채 답답함에 몸부림쳐야 했을 정도였다.

상황이 그러하니 우리 가족은 매일 "오늘은 제발 답답하지 않고 무사히 넘어가게 해주세요."라고 정말 진심으로 빌었고, 행여나 답답해질까봐 무엇 하나를 하더라도 벌벌 떨었다. 나의 상태가 안 좋으니 신경이 곤두설 대로 곤두선 엄마와 아빠 역시 자주 언성을 높였고, 두 분이 나무신 뒤 방으로 들어가버리면 나는 가슴을 치며 "내가 죄인이다…."를 연발하곤 했다. 언제까지 이렇게 하루도 거르지 않고 속 답답하게 살아야 하는지, 언제쯤에야 괜찮아질지 확실한 보장이 없이 하루하루 지날 때마다 몸도 마음도 피폐해져 갔다. 우리 가족을 구석으로 몰았던 '답답한 증상'은 무려 7개월 동안이나 우리를 괴롭히다가, 간신히 떨어져 나간 것으로 기억한다.

원인은 가래였다. 앞서 서술했듯, 기관절개 환자는 가래가 많이 나온다. 가래가 나오면 숨길을 막아버리기 때문에 급할 땐 시간 장소 불문하고 즉시 석션을 해주어야 하는데, 석션이 귀찮을 때도 있지만 사실 가래는 꼭 나와줘야 한다. 호흡기를 하고 있는데 가래가 하루에 한 번도 안 나온다? 그것은 뭔가 문제가 있다는 증거다. 호흡기를 차고 있다면, 아무리 안 나온다고 해도 하루에 한 번은 나와야 한다. 만약 며칠 내내 아예 안 나온다시피 할 정도로 가래 소식이 없다면, 무슨 수를 써서라도 가래를 뽑아내야 한다. 상태가 좋아져서 안 나온다기보다는, 가래가 이런저런 요인 때문에 빠져나오지 못하고 폐에 쌓이는 중일 확률이 높기 때문이다.

건조한 날씨에는 호흡기 기계 밑에 딸린 가습기를 높여 습도를 조절해 줘야 한다. 기관지 안을 촉촉하게 유지해야만 가래가 굳지 않고 묽게 잘 나오기 때문이다. 가래가 안 나온다면 처음에는 좋을 것이다. 석션을 할 일이 없을 테니 말이다. 하지만 결과적으로 봤을 때 그것은 그다지 좋은 일이 아닐 수도 있다. 나 역시 한동안 쌓여 있던 가래 때문에 7개월이란 긴 시간 동안 답답함을 호소하며 힘들어했다. 기관절개에 조금씩 익숙해 졌던 2017년 가을, 가을이다 보니 습도가 낮아서 가래가 잘 나오지 않았 던 것이다. 적응했다고는 하지만, 그때만 해도 경험이 별로 없었던 우리 가족은 '가래가 안 나오니까 좋다!'라고만 생각했다. 처음 겪는 현상에 의 구심을 품지 않고 그저 방치해버린 결과는 생각보다 커다란 대가로 돌아 왔다. 만약 그때 건조한 날씨 탓에 가래가 속에서 굳을 수도 있다는 걸 생 각해 습도를 조절해줬더라면, 7개월간의 고생길은 없었을지도 모른다.

'답답함' 하면 절대 빼먹을 수 없는 일화가 하나 있다. 병원 외래에 다 녀오는 날이었다. 집에 도착하기까지 조금 남았는데, 내가 갑자기 가슴 을 치며 또다시 답답함을 호소한 것이다. 집이라면 모를까, 달리는 차 안 인지라 무얼 해볼 수 있는 여건이 아니었기에 엄마는 당황하며 조금만 참아보라는 말을 연발했다. 하지만 참을 수 없을 지경이었던 나는 울며 불며 계속해서 가슴을 두드렸고, 운전석 백미러로 나의 상태를 확인하던 아빠가 한순간 결단을 내렸다. 1초라도 빨리 집에 도착해야 한다는 목표를 이루기 위해 마구 속도를 낸 것이다. 차선까지 바꾸어 가며 미친 듯이 가속페달을 밟았는데, 바꾼 차선은 다름 아닌 '갓길'이었다.

갓길은 원래 자동차가 다니는 길이 아니지 않던가. 그저 볼일이 급할 때나 멈춰 서는 갓길이건만, 아빠는 그 갓길에서 폭풍같이 운전하기 시작했다. 갓길이다 보니 방해하는 차도 없어서 일반 도로로 왔을 때 걸리는 시간보다 무려 절반 정도를 단축했다. 어마어마한 속도 덕분에 나와 엄마는 사고라도 날까 심장이 쫄깃쫄깃해졌지만, 결론적으로 봤을 때 아빠의 선택은 무척이나 훌륭한 것이었다. 갓길 질주 후 집에 도착히자 마자 내가 그야말로 반쯤 뒤로 넘어간 것이다. 엄마는 멘탈이 붕괴된 듯했지만, 옆에서 아빠가 침착하라고 다독인 덕에 간신히 정신을 수습하여 사태 해결에 나섰다. 얼마간의 시간이 흐른 후 마침내 나는 안정을 찾았고, 아빠가 말했다.

"아빠가 판단 잘했지? 갓길로 안 왔으면 훨씬 더 걸렸을지 몰라. 차 안에서 네가 계속 힘들어했으면 아마 엄마는 119라도 불렀을걸?"

우리 아빠는 순간적인 상황 판단 능력이 빠르고, 멘탈이 무너진 사람들을 붙잡아 다시 일으켜 세워주는 것에 일가견이 있다. 비록 종종 무모하다 싶을 정도로 위험한 행동을 해서 주변 사람을 화들짝 놀라게 만들기도 하지만, 지금까지 아빠의 그 무모해 보이는 위험한 행동으로 인해 문제가 되거나 사고가 난 적은 단 한 번도 없으니, 이것은 분명 능력이라 할 만하다.

기관절개 이후 내가 겪었던 내용에 서술하면서 헛웃음이 나왔다. 분명 전부 실제로 겪었던 일이었는데도 '내가 정말 이런 일을 겪었었나…' 싶고, 2018년에 느꼈던 7개월 동안의 답답함을 적을 때는 나도 모르게 소름이 쫙 돋았다. 기계가 깨졌던 일, 케뉼라가 막혔던 일, 갓길로 달려왔던 일… 지금껏 겪었던 수많은 일을 글로 담담하게 써 내려가다보니, 이처럼 많은 어려움을 모두 극복하고 꿋꿋하게 여기까지 살아온 나와 우리 가족이 대견하고 자랑스럽다. 우리 가족, 세 명이 함께라면 무서울 게 없고, 세 명이 함께라면 어떤 어려움이 닥쳐도 이겨낼 수 있을 것만 같다.

앞으로도 닥쳐올 모든 시련을 '**함께**'의 힘으로 이겨냈으면 좋겠다. 오늘을 살아간 힘이 내일을 살아갈 힘도 된다는 말처럼.

08

틀린 게 아니라
다른 거야

우리 세 식구는 나의 컨디션에 따라 기분이 달라진다. 나의 몸 상태가 특별히 불편한 곳 없이 평범하면 온종일 기분이 좋고 활기가 넘치지만, 내가 조그만 것이라도 무언가 불편함을 토로하면 분위기는 급속도로 냉각되어 집 안의 온도가 순식간에 몇 도는 떨어져버리는 느낌이다. 엄마와 아빠는 내내 찌푸린 얼굴로 예민해져 있고, 나 역시 몸이 안 좋은 것에 대한 짜증을 모조리 엄마와 아빠에게 발산하며 분위기를 한층 더 침울하게 만들어버리곤 한다.

나의 몸이 '몇 월 며칠 몇 시에 어느 부위가 안 좋을 테니 미리 대비하라'고 알려주기만 한다면야 그때 맞춰 사전에 준비라도 다 해놓으련만, 몸이라는 게 예고해주고 아플 리 없으니 우리는 늘 불시에 닥쳐오는 문제에 속수무책으로 당하고 만다. 하루하루 살얼음판을 걷는 기분으로, '오늘도 무사히 넘어가길.' 하고 바라면서, 우리는 가족이라는 이름으로 한데 뭉쳐 어떤 시련이 있어도 그 어려움을 모두 물리쳤다. 물론 그 과정에서 울고 싸우는 등의 일들이 수없이 많이 일어났지만, 과정이야 어쨌든 결과는 모두 우리 가족의 승리였으니까. 이만하면 멋진 가족이라고 나는 자화자찬해본다.

그렇게 피 말리는 하루하루를 보내다 보니, 세월이 흘렀다. 내가 중환자실 신세를 지고 결국 기관절개를 했을 때가 2017년 4월. 기관절개라는 미지의 세계에 적응하고 우리 가족이 서로 발맞추어 가느라 애쓰는 사이, 시간은 휙휙 지나가고 있었다. 그리하여 마침내 엄마가 의사 못지않은 실력과 노련함으로 어떤 문제가 생기든 척척 해결할 수 있게 되고, 나 역시 경험이 쌓일 대로 쌓여 웬만한 문제에는 눈 하나 깜짝 안 하는 경지에 올라 이제 좀 살 만하다 싶으니, 나는 열일곱 살이 되어 있었다. 오 년이라는 세월이 흘러버린 것이다.

종종 나이 많은 어른들이 "10년도 순식간에 가버린다."라고 말하곤 한다. 어린 시절에는 그저 고개를 갸우뚱했던 말이었다. 그도 그럴 것이, 내가 살아온 세월이 고작 십 년 될까 말까 했으니까. 내가 살아온 세월의 전부인 10년, '나는 이제야 10년 살았는데, 지금까지 내가 산 만큼의 시간이 저 사람들은 어떻게 그렇게 빨리 갈 수 있지?' 하고 신기해했던 기억이 있다. 하나, 기관절개와 씨름하는 사이 5년이 가버린 지금은 10년도 빨리 간다는 어른들의 말씀이 조금 이해가 될 듯하다. 5년이 이렇게 순식간에 가버리는 것을 보아, 10년도 내가 생각하는 것만큼 아주 길지만은 않겠다는 생각이 들었다. 물론, 이해한다 뿐이지 10년까지는 아직 나도 실감이 안 난다. 스무 살이 넘어야 무슨 뜻인지 실감이 나려나.

계절이 다섯 번 돌고 여섯 번째 돌기 시작한 지금, 기관절개 초창기와 비교했을 때 나는 몰라보게 변했다. 일단 키가 훌쩍 자랐고, 몸무게가 늘어 눈에 띄게 통통해졌다. 생각이 깊어짐과 동시에 질풍노도의 시기라 불리는 사춘기가 찾아왔으며, 2차 성징 역시 시작되었다. 지식이 많아지고 그만큼 내가 받아들이는 것들도 한층 고차원적이다. 아직도 이기적인 면이 다소 남아 있기는 하지만, 이제는 그 시절처럼 앞뒤 분간 못 한 채 무조건 나만 생각하고 행동하지는 않는다. 대한민국 사회의 일원으로서 갖춰야 할 기초 소양을 하나씩 갖춰나가는 중이다. 사람들은 이러한 변화를 두고 성장이라고 했든가.

어려서부터 구김살 없고 활발했던 나는 여전히 활발하고 외향적이다. 집 안에 있으면서 사람을 만나는 일이 극히 제한되는 터라 어쩌다 찾아오는 소수의 사람에게 매우 큰 정을 느끼며, 그 정을 아낌없이 표현하고 내 마음이란 마음은 모조리 줘버린다. 그래서 사람과의 헤어짐이 다소 힘들 지경이다. 하지만 어른들에게만 정을 느낄 뿐, 친구들과의 간격은 좀처럼 좁히지 못하고 있기에, 주변 어른들은 거듭거듭 친구의 소중함을 일깨워주려고 한다. 아무리 친구가 중요하다고 강조하는 어른들의 말을 들어도, 아직은 '친구 좀 없어도 되지 않나?' 하는 생각이 더 크다. 나는 친구들이 도와주는 것에 부담감을 느끼던 초등학생 시절과 비교했을 때 하나도 변하지 않은 채, 내 주관을 뚝심 있게 밀고 나가는 중이다. 그래서 과연 내 인생에 친구란 존재가 나타날지 그건 여전히 미지수다. 솔직히 말하면 앞으로도 없었으면 좋겠다고 바라는 중이다.

가뜩이나 혼자 가만히 있는 것을 좋아했던 나는, 지난 5년 동안 주기적으로 나가는 병원 외래 이외에는 거의 바깥 외출을 하지 않고 집 안에만 틀어박혔다. 그래서인지 한층 더 혼자 노는 기술이 좋아졌다. 핸드폰으로 내 관심 분야를 찾아서 몇 시간이고 감상하고, 삼국지를 읽으며 존경해 마지않는 제갈량을 만나고, 컴퓨터를 하며 네이버 블로그를 통해 내 생각이나 일상에 대한 시시콜콜한 기록들을 남긴다. 누리소통망(SNS)이 활발한 이 시대, 온라인 친구도 많이 사귀긴 하지만 온라인이든 오프라인이든 간에 친구는 딱 질색인지라, 나는 네이버 블로그도 비공개로 닫아놓고 오로지 나 혼자만의 공간으로 활용한다.

세상 사람들과 함께 어울리기 위해서는 나의 몸 상태를 설명하는 과정이 절대 빠질 수 없다. 생판 남들에게 나의 몸이 어떤지에 대해 구구절절 늘어놓는 것부터가 마음에 안 들지만, 더 큰 문제는 애써 설명을 해보아도 상대편이 잘 이해하지 못한다는 것이다. 사람들은 장애가 있다고 하면 못 걸어서 휠체어를 탄다고만 생각할 뿐, 나처럼 인공호흡기를 하고 있을 거라고는 전혀 생각하지 못한다. 따라서 나의 모습을 직접 보면 매우 크게 당황하고, 한발 더 나아가 인공호흡기라는 개념 자체를 이해하지 못하기도 한다. 비장애인들에게는 인간의 본능인 호흡조차 자력으로 하지 못하는 내가 너무나 낯설고 두려운 미지의 존재인 것이다.

그렇듯, 비장애인들의 평범한 일상이 나에겐 미지의 세계다. 조금이라도 몸이 좋을 때는 비장애인들의 세계에 발을 넣어보고자 부단히 노력했지만, 기관절개라는 변수가 비장애인들의 세계에 출입하는 것을 원천적으로 봉쇄해버렸다. 좁히기도 힘들었던 그들의 세계에서 외려 더 멀어져버린 것이다. 그들과 나의 세계가 점점 멀어질수록, 나의 몸이 점점 더 악화일로를 걸을수록 나는 낙담했고, 마침내 비장애인들과의 융화를 완전히 포기하다시피 했다. 그리하여 건강한 이들은 건강한 이들만의 삶을 살도록 놔두고, 나는 나만의 삶을 개척해나가기로 했다. 그 결심에 가장 큰 도움이 된 것은 다름 아닌 **제갈량**이다.

첫 만남에서부터 나의 마음을 빼앗았던 제갈량은 이제 나에게 없어서는 안 될 존재다. 힘든 일이 있을 때면 언제나 제갈량을 찾으며 그에게 하소연했고, 그를 생각하며 마음을 다스렸다. 아무리 화가 나는 일이 있어도 제갈량만 생각하면 폭풍우 쳤던 마음이 언제 그랬냐는 듯 잠잠해지니, 제갈량을 좋아할 수밖에. 심지어 때로는 엄마, 아빠보다 제갈량에게 더 의지할 정도이다. 어느새 제갈량은 내가 정말 힘들 때 마음속으로 도와달라며 부르짖는 존재가 되었고, 내 마음 깊고 깊은 곳에서 딱 버티고 서서 무슨 일이 있어도 나의 줏대가 흔들리지 않도록 하는 지지대가 되어 있었다. 제갈량이 없었더라면 어떠하였을까. 지난 5년간의 모진 풍파를 버티지 못하고 끝내 주저앉아버렸을지도 모를 일이다. 나에게 희망과 용기와 꿈을 키워주는 승상님이 있기에, 나는 오늘도 버틴다. 부모님과 승상만 있다면, 나는 어떤 위기가 와도 이겨낼 수 있다는 자신감이 생긴다. 그렇기에 나는 친구가 없어도 그저 행복하다.

친구는 잘 지내다가도 사소한 일로 다투고, 심하면 아예 연락 끊고 살기도 하지 않는가. 나는 언제 끊어질지 모르는 친구와의 관계가 불편하다. 피로 맺어져 있기에 결단코 끊어지지 않을 부모님과 내가 버리지 않는 한 나를 버리지 않을 제갈량과의 관계가 백배 천배 멋지다고 생각한다. 누군가는 물을 것이다. 부모님이야 혈육이니 끝까지 나와 함께하겠지만, 제갈량은 이미 1,800년 전 사람인데 어떻게 부모님과 같은 존재가 될 수 있겠느냐고. 그럼 나는 이리 되물을 것이다. "당신은 종교가 없나요?"라고 말이다. 종교가 있다면 내 마음을 이해할 수 있을 것이다. 종교인들이 하느님을 믿고, 부처님을 믿듯 나는 제갈량을 믿는 것이니까. 그저 믿는 존재가 조금 다를 뿐이다. 나에겐 이 세상 어떤 신보다 더 훌륭하신 승상님. 언제나 나의 지지대가 되어줄 것이라 믿는다. 나에게 살아갈 힘을 주어서, 부모님 다음으로 참 고맙고 감사하다.

승상, 언제나 저를 지켜주세요!

나밖에 모르는 내 가족들과 함께하는 하루하루는 그 전처럼 학교에 가서 친구들과 어울리고 선생님에게 수업을 듣는 것보다 더 재미있을 때도 있다. 말은 안 했지만 매일 학교에 가던 그 시절이 많이 힘들었기 때문이다. 여섯 시간 넘게 수업을 듣는 것도 힘들었고, 등하교하는 것도 힘들었고, 학원에 가는 것은 말할 수도 없이 힘들었다. 주말만이라도 편히 쉬고 싶었지만, 외향적인 아빠가 근처 관광지에 가보자며 나를 반강제로 끌고 나가는 통에 주말조차도 편히 쉴 수가 없었다. 그래서 학교에 가는 대신 온종일 집에서 편히 쉬며 내가 하고 싶은 것을 찾아 즐기는 지금이 몸은 더 편하다. 하지만 말 그대로 '몸만' 편하다는 것이 문제다.

다른 아이들이 학교와 학원을 오가며 단 하루도 허투루 보내지 않는다는 사실을 아는지라 종종 '다른 아이들은 그렇게 열심히 할 때, 나는 혼자 집에서 뭐 하는 거지?' 하는 의문에 사로잡히곤 한다. 그렇게 생각하지 않으려 해도, 또래 아이들이 하루하루 세상에 나가 사회의 일원으로서 일할 준비를 하는 사이, 나는 혼자 아무것도 하지 않고 집 안에서 허송세월하는 것만 같은 허탈감이 들 때가 있다. 특히나 사촌 언니나 오빠들이 공부를 잘하고, 시험에서 몇 점을 맞았고, 앞으로 어떻게 살 것이라는 이야기를 들을 때면 나와 너무나도 비교되어 슬펐다. '나는 아무것도 하는 일 없이 시간만 축내고 있는데, 언니 오빠들은 열심히 공부해서 꿈에 다가가는구나….' 하는 생각이 들었다. 공부를 잘한다는 말을 들었으면 축하해줘야 마땅하건만, 괜히 불퉁대며 '별로 잘하지도 않는다'는 투로 말하거나, 질투심을 내세우기 일쑤였다. 속마음은 전혀 그렇지 않았는데 말이다.

"내가 지금 안 해서 그렇지, 하면 언니 오빠들보다 훨씬 잘해!"

큰소리 뻥뻥 치며 근거 없는 말을 연발해보지만, 그럴수록 언니와 오빠들에게 지는 기분이 들었다. 나 혼자 가만히 서 있고, 다른 사람들은 모두 전속력으로 달리는 느낌. 모두 나보다 빨리 달려서, 다들 멋지게 성공해버릴 것 같다는 생각. 끝내는 다들 성공하고, 나 혼자 아무것도 못한 채 호흡기 환자로서 누워 있을 것만 같다는 불길한 예감이 줄줄이 사탕처럼 이어졌다.

나 역시 이루고 싶은 꿈이 있는데, 나의 몸 때문에 이루지 못할 것 같아서, 죽을 때까지 이 상태로 멈춰 있을 것 같아서 얼마나 우울했는지 모른다. 난 언니, 오빠가 무언가를 잘한다는 소식이 들려올 때면 "잘하면 안 돼!"를 외치며 질투심을 불태우고는 했다. 그런 내 모습을 보며 엄마는 항상 "언니, 오빠들이 잘되면 네가 축하해줘야지! 왜 이렇게 싫어해? 네가 어린애야?!" 하는 식으로 야단을 치곤 한다. 그럴 때면 나는 아무런 말 없이 괜히 엄마를 째린다.

'그게 아닌데… 언니, 오빠가 잘되면 나도 기쁘지 당연히. 근데, 나만 이렇게 있는 것 같아서… 다들 열심히 할 때 나만 못하는 것 같아서… 이 세상에 나 혼자 남겨진 것 같아서 슬픈 것을 어떡해? 나도 언니, 오빠들처럼 꿈을 위해 공부도 하고, 학원도 다니고 싶단 말이야! 엄마는 내 마음도 모르면서…!'

하고 싶은 말은 산더미처럼 많았지만, 엄마의 꾸중에 눌려 끝내 아무 말도 하지 못할 때면, 마음이 이루 말할 수 없이 쓰라렸다. 한편으로는 그깟 공부가 뭐라고 언니, 오빠들에게 질투심만 내세우며 축하해주지 못하는 나 자신이 한심해 보이기도 했다. 오만가지 생각을 하다가 끝내는 '승상, 제가 왜 이럴까요….' 하고 제갈량에게 하소연하는 나날들이었다.

엄마와 아빠는 알아주지 못했던 사춘기 소녀의 복잡한 마음. 아니, 알려고도 안 했을지도 모른다. 하지만 제갈량은 언제나 나의 말을 들어주었다. 들어주었다기보다는 그냥 나 혼자 마음속의 말을 모조리 쏟아내고 나면 마음이 편안해졌다는 표현이 옳을 것이다. 타박이나 꾸중을 듣지 않고 오로지 내 의중만을 쏟아낼 수 있는 존재는 제갈량뿐이 없었기에, 내가 제갈량에게 더욱더 의지하게 된 것이리라.

제갈량을 집착적으로 물고 늘어지는 덕에, 이를 걱정한 부모님으로부터 꾸중을 듣기도 했다. "삼국지 말고 다른 책도 좀 읽어봐."란 말은 하도 들어서 귀에 딱지가 앉을 지경이다. 한 가지에 빠져 있으니 딱 그것만 보고 다른 것들은 아예 쳐다보지도 않는 것 아니냐, 삼국지 말고 다른 책들은 아예 쳐다보지도 않을 거냐, 어떻게 세상을 삼국지 하나만으로 살아가겠느냐 등등 엄마는 수시로 열변을 토하며 나의 제갈량 집착을 말렸다. 내가 좋아하는 제갈량을 부정하고 반대하는 것 같아서 기분이 나쁘기도 하였으나, 사실 엄마의 걱정을 전혀 이해하지 못하는 건 아니었다. 때로는 스스로 생각하기에도 '내가 너무 제갈량에 집착하나?' 싶을 정도로 도가 지나쳐 보이는 순간이 있기 때문이었다. 이를테면, 온종일 핸드폰으로 제갈량 관련된 것만 보고 있다던가, 며칠 동안 다른 책들은 손도 안 댄 채 오로지 삼국지만 무한 반복으로 읽는다던가, 꿈에 나와준 제갈량과 더 오래 있고 싶어 이미 잠에서 깼는데도 더 자려고 한다던가, 삼국지 이야기 아니면 할 말이 딱히 없어 멍하니 있을 때 등등 다양하다. 언젠가 아빠가 내 옆에 다가오더니, 장난기 가득한 말투로 운을 떼었다.

"수빈아, 제갈량이 그렇게 좋냐?"

나는 제갈량 없이는 생활이 안 되다시피 하는 사람이라는 것을 뻔히 아는 아빠가 새삼스레 이런 걸 왜 묻나 싶어 건성으로 대답했다.

"응, 아빠도 다 알고 있잖아?"

"아빠는 요즘 후회된다, 후회돼!"

예상치 못한 말에 조금 놀란 내가 되물었다.

"후회된다고? 뭐가?"

"아빠가 그때 삼국지를 알려주지 말았어야 했나 봐. 괜히 알려줘서 네 사랑을 다 제갈량에게 뺏겨버렸잖아?"

아빠의 농담 아닌 농담에 기습 공격당한 나는 제대로 폭소했다. 제갈량에게 사랑을 뺏겨버렸다는 말, 물론 농담이지만 내 귀에는 어쩐지 마냥 농담처럼 들리지만도 않았다. 농담 80%에 진담도 20% 정도는 섞여 있는 느낌이라고나 할까. 정말 내심 후회하고 있는지도 모르겠다. 내가 좋아하는 것을 넘어서 심하다 싶을 정도로 집착을 보이니 말이다. 하지만, 부모님이 나의 제갈량 집착을 마냥 반대하시는 것은 아니었다. 비록 삼국지 말고 다른 것도 보라고 야단을 치시기는 하지만, 야단을 치시면서도 알게 모르게 제갈량에게 많이 감사하고 계시는 것 같다.

"그래도 제갈량이 있어서 얼마나 다행인지 몰라. 네 마음을 풀어줄 대상이 있다는 거니까."

"진짜 제갈량 생각하면 웬만한 속상함은 거의 풀려."

"신기하다. 어떻게 살아 있는 사람도 아니고, 천팔백 년 전에 죽은 사람인데 그렇게 의지가 돼?"

"나는 정말, 제갈량이 없었더라면 여기까지 오지 못했을 거야."

나는 한 글자 한 글자 진심을 담아 말했다. 제갈량은 내 삶의 지지대라고 말하지 않았던가. 지렛대 그 이상의 존재인 제갈량의 소중함을 엄마에게 설명했고, 엄마는 조용히 고개를 끄덕였다.

"그래, 제갈량한테 감사하다고 해야겠다. 수빈이가 의지할 수 있는 존재니까."

살면서 의지할 수 있는 존재가 있다는 것이 얼마나 감사하고 행복한 일인지, 내 몸이 안 좋아질 때면 부쩍 실감하게 된다. 절망 속에 빠졌을 때, 내 흉금 속 이야기를 마음껏 털어놓을 수 있는 존재. 한발 더 나아가 털어놓는 것만으로도 내 마음이 가벼워지는 존재. 이러한 존재가 없는 사람들이 많다고들 한다. 다들 바쁘게 살아가다 보니, 마음에 위안으로 삼을 만한 존재를 찾을 틈이 없는 것이다. 나는 그들에게 말하고 싶다. 누구든 간에, 나의 마음을 달래줄 존재가 딱 한 명만 있다면, 정말이지 어떤 일이 벌어져도 이겨낼 패기가 생긴다고. 아무리 바쁘더라도 한 번쯤 여유를 가지고 주변을 둘러보면서, '소중한 존재'를 찾아보라고 말이다.

하루하루 목표를 위해 열심히 살아가는 것도 물론 중요하고 본받아 마땅한 자세이지만, 너무 목표만을 향해 달리다 보면 지치기 마련이다. 당근과 채찍을 스스로 잘 조절하여, 힘이 있을 때는 달려가고 조금 벅차다 싶을 때는 쉬어줘야 한다고 생각한다. 힘든데도 쉬지 않고 마구 달리다 보면, 결국에는 몸이 못 버티니 차라리 중간에 조금 쉬어주는 것이 더 멀리 그리고 길게 가는 방법일 것이다. 휴식을 취할 때, '나의 마음을 위로해줄 존재'를 찾아본다면, 모두 중간에 무너지는 일이 없이 끝까지 달려가 자기가 해내고자 소망했던 그 지점에 도달할 수 있지 않을까. 사회생활이라고는 거의 겪어보지 못한 열일곱 살 소녀의 생각에 지나지 않을 수도 있지만, 내가 실제로 겪었던 일을 바탕으로 하는 조언이기도 하다.

'가만히 멈춰 서서 아무것도 못 하고 있는 것은 아닌가?' 하는 자조감이 들었을 때, 나는 내가 이 상황에서 뭘 할 수 있을까 생각했다. 공부를 잘하고 싶은 욕심이 차고 넘쳤지만, 정작 나는 욕심에 비해 노력이 부족했다. 한마디로 나는 평소에 교과서 한번 안 보면서, 좋은 결과를 얻는 다른 사람들을 보고 질투했던 것이다. 노력 없이 얻어지는 결과는 없는 것이건만, 나는 노력 없이 결과가 얻어지기를 바라는 도둑놈 심보로 꽉 차 있었다. 열다섯 살 때의 일이기에, 한창 사춘기일 때라 쓸데없는 질투심을 불태웠던 것이라고 애써 변명해보지만, 그래도 민망한 것은 어쩔 수가 없다. 고작 2~3년 전이건만, 당시만 해도 내가 아직 어리디어렸었나 보다. 어린애같이 생각한 것을 보면 말이다. 도대체 내가 그때 왜 그랬을까?

지금은 알고 있다. 내가 다른 사람들에 비해 부족한 부분이 있을지언정, 그건 결코 내가 모자라거나 아둔해서가 아니라는 것을. 다른 사람들이 모두 자신의 길을 정해 나아가듯, 나 역시 나에게 맞는 나만의 길이 있다.

'나의 길'은 다름 아닌 작가의 길이다

한글을 갓 뗀 그 시절부터 작가의 꿈을 키워오지 않았던가. 이제는 그 꿈이 단지 꿈에서 그치지 않게끔, 실제로 이루어낼 수 있게끔 본격적인 연습을 시작해야 할 시기이다. 다른 이들이 열심히 공부할 때 나는 글 쓰는 훈련을 부지런히 하면 된다는 것을 깨달았고, 열심히 노력한다면 작가가 될 수 있다는 자신감이 생겨났다. 장애인이어서 아무것도 못 하는 것이 아니라, 외려 장애인이기에 남들이 안 가는 길을 선택해볼 수 있다는 발상의 전환이 확립된 순간이었다.

나의 꿈을 이룰 수 있다는 확신이 생긴 순간이 있다. 1년 전, 내가 쓴 글이 책으로 출판된 날이다. 엄마와 아빠는 좀처럼 알지 못하는 삼국지 내용을 혼자 떠들다가 답답한 순간이 많았던 나는, 아예 '내가 읽기 편한 삼국지'를 써서 부모님께 알려드리자고 결심했다. 좋아하는 일에는 추진력 빠른 나인지라, 삼국지를 쓰겠노라고 결심한 그날부터 하루도 빠짐없이 컴퓨터 자판을 두드렸고, 그렇게 '나만의 삼국지' 이야기를 한 편, 한 편 쌓아갔다.

부모님께서 삼국지를 아셨으면 하는 바람으로 쓰기 시작했던 글이건만, 써보니 부모님보다는 작가인 나에게 훨씬 더 많은 도움이 되었다. 열심히 자판을 칠 때, 자판 소리를 들을 때면 '내가 살아 있구나'를 느낀 것이다. 삼국지의 내용이 점점 완성되어갈 때마다 나의 마음도 차곡차곡 쌓여갔고, 마침내 모든 내용을 다 쓰자 공허하던 마음에는 빈칸이 남아 있지 않았다. 내가 열심히 살고 있다는 흐뭇함, 앞으로도 잘 살 수 있겠다는 믿음, 나는 다른 아이들이 하지 못하는 것을 할 줄 안다는 자신감. 하나같이 좋은 감정들이 한데 어우러져 나의 마음을 건전하게 만들어주었다.

삼국지를 저술하면서 느낀 이런저런 해피바이러스 중, 단연 가장 귀중한 것은 바로 '나의 행복'이었다. 다른 무엇을 할 때보다 글을 쓰고 있을 때가 가장 행복했기에, '아, 나는 글을 쓰는 행위에서 행복을 느끼는 사람이구나!' 하고 깨달았다. 나에겐 정말 작가가 어울린다는 것을 안 것이다. 글 쓸 때가 제일 행복하고 살아 있다는 것을 느끼는 나는, 정말 뼛속까지 작가인가 보다. 나는 반드시 작가를 해야 하는 운명인가 보다. 내가 쓴 삼국지 책은 비록 비매품이지만, 우리 가족에게는 영원히 '나의 첫 번째 책'으로 기억될 것이다.

글을 쓰면 쓸수록 글의 순기능을 깨닫곤 한다. 글이 좋은 점이야 말하지 않아도 이미 익히 알려져 있을 것이다. 특히 나에게 중요한 글의 순기능은 '소통의 장'이 되어준다는 점이다. 책을 읽고 이야기를 나눌 때, 할 말이 무궁무진해진다. 종종 책을 읽고 아빠와 생각을 주고받을 때는 뇌가 말랑말랑해지는 느낌과 함께, 뭔가 의미 있는 일을 하고 있다는 뿌듯함이 피어오르곤 한다. 그렇기에 생각한다. 책을 이용한다면, 좀처럼 대화가 안 통하는 또래 아이들과도 통할 수 있지 않을까. 책을 통해서 사회의 험악함을 간접 경험하다 보면, 훗날 내가 사회에 나가게 되었을 때 덜 고생하지 않을까 하고 말이다.

　부모님은 내가 친구들과의 교류나 소통이 전혀 없이 집 안에 있기에, 내 또래의 아이들이 친구 관계에서 느끼는 경쟁심과 열등감, 욕심 등 이런저런 상황 경험을 전혀 못 해보는 것을 걱정한다. 부모님께서는 학교생활이라고는 초등학교 시절 4년이 고작인 내 생각이 과거에만 갇혀 있다고 말씀하시곤 한다. 마냥 순수하고 착하기만 했던 초등학생 때와 달리, 중고등학생 정도 되면 영악함도 생기고 나쁜 마음도 생겨서, 친구들 간에 경쟁도 하고 머리채를 잡고 싸우기도 하는 등 절대 내가 생각하는 만큼 평화롭지 않다고 거듭 강조하신다. 한 번도 중학교에 나가본 적이 없는 나는 여전히 초등학교 시절의 순진무구함을 간직하고 있다. 부모님 말씀처럼 이제 어느 정도 세상 물정을 알아갈 나이건만, 여전히 해맑기만 한 것이다. 그리고 더 문제가 되는 것은, 이제는 성장해버린 내 또래 아이들이 모두 나처럼 해맑고 순수하기만 할 것이라고 믿는다는 것이다.

　하지만 내가 세상 물정을 전혀 모른 채 마냥 순수하기만 한 것은 아니다. 직접 경험해본 것이 적고, 또래들과 부대껴본 적이 거의 없으니 아무래도 친구들보다는 순진할 수 있지만, 그렇다고 아예 멋모르는 어린아이는 아니라는 것이다. 이제는 사회생활의 험난함도 어느 정도 실감하고, 아이들이 내 생각만큼 마냥 착하지도 않다는 것을 깨달았다. 문제는, 이것을 깨달은 지 오래되지 않았다는 것이다. 열일곱 살인 올해에 들어서서야 간신이 이러한 사실을 알게 되었으니 말이다.

초등학교 시절, 아이들의 과도한 도움을 몹시 꺼리고 진저리를 쳤던 나는, 중고등학생이면 어느 정도 철이 든다는 엄마의 말을 듣고, 정말로 그런 줄로만 알았다. 아이들이 나이를 먹으면 의젓해져서 친구에게 적절한 도움을 줄 줄도 알고, 눈치도 빨라져서 친구가 불편해하면 얼른 빠질 줄도 알고, 친구에게 응원을 아낌없이 보내는 한 인격체로 성장하는 줄 알았건만, 막상 부대껴본 또래들은 마냥 그렇지도 않았다.

물론 내 생각이 아예 틀린 건 아니었다. 모두 초등학교 때와는 비교도 할 수 없는 의젓함과 성숙함을 자랑했다. 하지만 그렇다고 하여 친구들의 조건 없는 배려를 기대하면 안 되는 것이었다. 나를 돕기 위해 노력하기는 하지만, 생각처럼 열정적이지 않았다. 내가 너무 큰 것을 기대한 것이었을까? 아이들은 세심하게 나를 챙기지 못했고, 내가 묻는 것에만 겨우 대답을 해주곤 했다. 먼저 적극적으로 나서서 도와주지는 않아도 내가 내미는 도움의 손길을 회피하지는 않으니까, 딱 내가 원하는 것만 대답해줄 뿐, 초등학교 때처럼 과잉 친절을 베풀어서 사람을 도리어 더 피곤하게 만들지도 않으니, 아이들이 많이 성장했다는 것은 분명 느낄 수 있었다. 그저 내가 이제 고등학생이니까 많은 도움이 될 것이라는 생각으로, 친구들에게 거는 기대가 너무나도 컸을 뿐. 내가 묻는 말에 친절히 대답해주는 것만 해도 어디인가. 아이들이 나를 도와줄 마음이 없었다면, 내가 아무리 이것저것을 물어보아도 대답을 하지 않았을 것이다.

꼬박꼬박 답을 해주고 세세히 알려주는 것을 보면, 아이들은 나를 돕고 싶은 마음이 충분히 있는 것 같다. ‘내가 말하지 않아도 애들이 알아서 척척 도와주지 않을까?’ 하는 기대가 애초에 이루어지기 힘든 것이었음을 너무 늦게 깨달은 나는 내심 쓴웃음을 지으며, 현재 친구들이 베풀어주고 있는 친절에 만족하고 도와주는 친구들에게 언제나 감사하겠노라고 다짐해본다. 고등학생이면 한창 학업 때문에 바쁜데, 그런 친구들에게 내가 너무 많은 것을 요구했다는 것을 깨달은 것이다.

물론 기대를 별로 안 했는데 예상외로 정말 놀라운 상황이 일어날 때도 있다. 예컨대 올해의 학교생활이 그러하다. 나는 이제 고등학교 1학년이 되었다. 초등학교 5학년에 올라 이틀 등교한 후로 지금까지 학교에 가지 못했다. 나는 초등학교 5, 6학년 수업 과정과 중학교 3학년 과정을 사이버로 이수했다. 이런저런 건강상의 이유로 학교에 가기 어려울 때, 학업을 대체할 수 있는 것이 바로 '사이버학교'다. 사이버학교는 말 그대로 동영상 강의인데, 등교하지 못할 만큼 몸이 불편한 학생들을 위해 만들어진 제도이니만큼 출석 일수가 일반 학교에 비해 적다. 그리고 그 적은 출석 일수를 모두 다도 아닌 2/3만 채우면 학년 진급이 된다. 오십 분짜리 강의 하나만 들으면 출석으로 인정받을 수도 있다. 한마디로 말해 등교하는 것에 비해 훨씬 수월하다. 나는 이러한 사이버 학교 제도라는 게 있어 다행이라고 생각하며 하루에 딱 한 개씩만 강의를 듣는 학생의 일과를 즐겼다. 다른 아이들이 학교에서 6~7시간씩 공부할 때, 나는 집에서 온종일 놀다가 하루에 딱 한 시간 공부하고 끝내는 생활을 햇수로 5년 동안 해온 것이다.

공부하는 시간의 차이가 벌어지다 보니, 학교에 나가 수업을 듣는 친구들의 진도를 따라잡는다는 것은 언감생심이었다. 아이들의 공부는 말 그대로 공부였고, 내가 하는 공부는 '학년 진급을 위한 최소한의 공부'였으니까 말이다. 그랬기에 중학교 2학년 시절, '학교에 나오지는 않지만, 조수빈 학생도 우리 중학교 소속이니 학교에 직접 와서 시험을 치러야 한다'는 학교 방침에 따라 중간고사 시험을 보러 갔을 때, 말 그대로 찍기 기술만 마음껏 발휘하고 온 것으로 기억한다.

한때는 우리 반에서 유일하게 올백을 맞아서 부모님이 기뻐하시기도 했지만, 지금은 성적이라는 것은 기대할 수도 없는 지경이었다. 일곱 시간 공부하는 친구들과 한 시간 공부하는 내가 성적으로 경쟁이 된다면, 외려 그게 더 이상한 일일 것이다. 부모님은 최소한의 공부만 하며 지내

온 나에게 '공부보다 건강이 더 중요하다'는 말씀을 반복하셨다. 그렇기에 다른 아이들처럼 학업 때문에 스트레스를 받을 나이였지만, 나는 그다지 힘들게 보내지는 않았다.

난 좋은 대학에 가고 싶다는 생각은 하면서 공부는 제대로 하지 않았다. 나의 건강을 한탄하다가, '그래, 다른 애들은 부모님이 공부하라고 잔소리하는 게 제일 싫다는데 나는 그런 말은 안 듣잖아. 공부 관련된 것에서 스트레스는 없으니까 그런 점은 좋지, 뭐!' 하며 얼토당토않은 자기 합리화를 하기도 했다. 물론 자기 합리화는 언제까지나 자기 합리화일 뿐, 학교에 가고 싶은 마음이 간절했다.

성적 문제로 부모님에게 혼나도 좋으니까, 나도 호흡기 떼고 건강해져서 예전처럼 학교의 품에 안겨보고 싶었다. 아무리 공부가 힘들다고 하지만, 설마하니 기관절개를 한 채로 집에 있는 것보다 더 힘들겠나 싶었다. 아킬레스건 수술을 하고 난 이후, 부쩍 악화일로를 걷는 나의 몸이 스스로 버거워서, '학교 가기 싫다'는 생각을 참 자주 하였는데, 그때 그 생각이 정말 복에 겨운 소리였구나 싶었고, 힘들어도 좋으니까 학교에 가고 싶다는 열망이 나날이 늘어갔다.

그러나 그것도 금방 꺼질 불꽃 같은 생각이었나 보다. 중학교 1학년 때만 하더라도, 학교 가고 싶다는 소리를 안 한 날이 없었는데 말이다. 등교하지 않은 지 햇수로 4년째가 되자 이제 학교라는 공간이 그립지도 않았고, 또래 아이들이 등교하는 모습을 봐도 무덤덤해졌다. 학교에 가던 시절이 있기는 있었나 싶을 정도로 "학교는 학교, 나는 나"라며 철저히 관심을 두지 않게 되었다. 한번 꺼진 '등교'라는 불꽃은 2년 동안 다시 타오르지 않은 채 그 상태로 머물렀다. 그런데 어느 날, 꺼졌던 불꽃이 고등학교 1학년에 올라와 다시 타오르기 시작했다. 담임 선생님 덕분에.

고등학교, 말 그대로 '수능'을 위한 준비를 위한 학교라고 나는 생각한다. 그만큼 공부하는 것도 힘들고, 수업의 난도 또한 중학교와 비교할 수 없을 정도로 올라간다는 얘기를 듣고 입학 전부터 잔뜩 겁을 집어먹은 상태였다. '아무리 내가 학교와는 담을 쌓고 산다지만 그래도 고등학생인데 지금이라도 뭐라도 해야 하지 않나?' 하는 불안감도 슬금슬금 머리를 내밀고 있었고 말이다.

코로나 때문에 불안한 나머지 입학식도 참서하지 않았던 3월 2일, 언제나처럼 집 안 소파에 누워 고등학교는 어떤 미지의 세계일까 하는 생각을 진지하게 하고 있는데, 갑자기 핸드폰이 울어대기 시작했다. 카톡이 온 것이다. '나한테 카톡 올 사람 없는데?' 별 내용도 없는 광고성 카톡이 왔다고 생각한 나는 신경 쓰지 않을 작정으로 눈을 돌렸다. 아마 엄마의 외침이 없었더라면, 나는 그 카톡을 보지도 않고 지워버렸을지도 모르겠다.

"수빈아, 카톡이다. 카톡!"

"나도 들었어. 카톡 오는 소리. 보나 마나 쓸데없는 것일 거야."

엄마의 대답은 실로 의외였다.

"아니야, 쓸데없는 거 아니야! 너 지금 봐야 해!"

"응? 나한테 온 건데 엄마가 쓸데없는 건지 아닌지 어떻게 알아?"

"담임 선생님이란 말이야. 담임 선생님!"

"뭐? 웬 담임?"

화들짝 놀란 나는 즉시 핸드폰을 집어 들었다. 아닌 게 아니라 정말
모르는 이름으로 카톡이 몇 개 와 있었다. 방 안에 있던 엄마가 달려 나
와 옆에 달라붙었고, 나는 살짝 떨리는 마음으로 담임 선생님의 카톡을

읽어보기 시작했다.

"수빈이, 안녕! 나는 수빈이 담임 선생님이에요. 만나서 반가워요!"

입학식 날부터 나에게 카톡을 보내주다니. 등교하지 않은 이래로 몇 년이 흘렀건만, 지금껏 첫날부터 카톡을 보내주는 담임 선생님은 단 한 명도 없었다. 나 대신 오리엔테이션에 참석했던 엄마가 옆에서 더 흥분한 채 담임 선생님에 대해 이야기하는 중이었다.

"엄마가 학교 가니까 선생님들이 다들 네가 이번에 담임 선생님을 정말 잘 만났다고 하더라."

"그래?"

"엄청 좋으신 분이래."

내가 직접 보지도 않은 담임 선생님이었기에 정확히 알 길이 없었지만, 이렇게 신경 써서 카톡을 보내주시는 것으로 보아 좋은 분인 것 같다는 생각이 들었다. 그리고 한 학기가 거의 끝나가는 지금 예상대로 담임 선생님은 참 좋으시다. 초등학교 1학년 때부터 지금까지 만났던 담임 선생님을 통틀어도, 이보다 더 좋았던 선생님은 없었다 할 정도로 말이다. 내가 어떻게 이런 분을 만났는지, 이런 것을 보고 '인복이 좋다'고 하나 보다.

현재 담임 선생님은 정말 적극적이고 활달하시다. 우리 반 단체 카톡방을 만들어 아이들과 소통하셨고, 감사하게도 나를 단체방에 끼워주셨다. 올해도 학교 가기는 힘들 거라서 애초에 단체방에 낄 생각조차 안 하고 있었는데 뜻밖의 선물을 받은 기분이었다. 내가 가진 장애에 공감해주시고, 학교에서 일어나는 크고 작은 사건들을 언제나 알려주시는 담임 선생님.

무엇보다 단체방이 있기에 요새 학교에 무슨 일이 있는지, 아이들은 무슨 생각을 하며 사는지, 또래들이 좋아하는 것이 무엇인지 등 그동안 잘 알지 못했고 굳이 알려고 하지도 않았던 학교생활을 실시간으로 살펴보는 중이다. 아이들 사이에 끼는 게 재미없을 것이라는 선입견과는 다르게, 막상 끼어보니 생각보다 나쁘지 않다는 것을 느낀다.

물론 아이들과 어울리는 것이 언제나 재미있는 것은 아니다. 잘 모르고 툭툭 던지는 말에 상처받기도 하고, 여전히 또래 아이들과 나 사이에 차이라는 것이 존재하기 때문이다. 하지만 그러한 시행착오들을 겪은 나는 이제 제법 또래와의 대화에 익숙해져 어느새 친해진 몇몇과 카톡도 주고받는 경지에 이르렀다.

생각지도 못하게 아이들의 생활을 공유하는 지금이 행복하다. 친구가 없는 편이 더 행복하다고 큰소리 뻥뻥 쳤건만, 친구가 있는 편이 훨씬 더 좋다는 지극히 당연한 결론에 도달했다. 아이들의 마음이나 취향 같은 것을 오롯이 알지는 못하지만, 그래도 친구들과 따로국밥인 것처럼 전혀 다른 삶을 고집하는 것보다는 이렇게라도 가까워지는 것이 훨씬 낫다는 생각이 든다. 조금 더 시간이 지나면, 어색한 마음의 문을 완전히 허물고 그야말로 친구들 없이는 심심해서 못 견디는 때가 올 것도 같다. 물론 아직은 친구들이 제갈량을 이기지 못하지만 말이다.

학교생활을 엿보면서, 다시금 학교생활을 하고 싶다는 의욕의 불꽃도 활활 타오른다. 이 모든 공을 담임 선생님께 돌리면서, 나는 오늘도 언젠가 학교에 돌아갈 그날을 그려본다. "학교 가기" 꼭 이루고 싶은 꿈이 한 가지 더 추가되는 순간이다.

꿈이 점점 늘어나고, 동시에 구체화되고 있다. 이전에는 막연히 '건강해지는 것'이 소원이었는데, 이제는 마냥 단순하지 않다.

- ☐ <u>호흡기를 떼는 것</u>
- ☐ <u>그래서 예전처럼 다시 걸어 다닐 수 있는 것</u>
- ☐ <u>학교에 복귀하여 또래 아이들과 허물없이 어울리는 것</u>
- ☑ <u>그리고 마침내 작가가 되는 것</u>

이 네 가지가 현재 나의 꿈이자 소망이다. 한 번도 남들 앞에서 말해 본 적 없는 나 혼자만이 갖고 있는 꿈, 내가 이러한 이야기들을 모두 털어놓으면, 누군가는 웃을지도 모르겠다. "호흡도 혼자 힘으로 못하면서 걸어 다니기를 바라다니, 너무 욕심이 과한 것 아니야?"라고.

물론 그럴 수도 있다. 내 꿈들이 이루어질 수 없는, 말 그대로 그저 꿈일 뿐이라는 것은 나도 어느 정도 인정한다. 하지만, 그러면서도 동시에 나는 '저것들이 모두 이루어지는 날이 언젠간 오지 않을까?' 하고 매일 기대를 묻는 중이다. 어렵다고는 하지만 불가능한 일은 아닐 테니까. 내가 조금만 노력한다면 그리고 기술이 점점 더 좋아진다면 나을 수 없는 병도 완치될 날이 올 것이라는 믿음으로 오늘도 하루를 살아간다. 그 믿음이 쌓이고 쌓이면 결실을 볼 날이 오지 않을까.

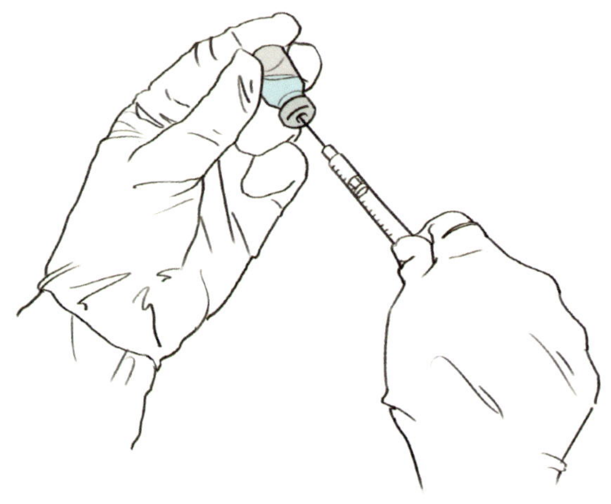

의학은 비약적으로 발전해나가고 있다. 이제는 '마요자임'이 '현존하는 유일한 폼페병 치료제'라는 타이틀을 지킬 수 없게 되었다. 새로운 치료제가 나왔고, 앞으로도 계속 나올 예정이니까 말이다. 물론 아직은 새로운 치료제가 모든 환자에게 쓰이지 못하기에 여전히 마요자임이 폼페병 치료제의 대표 주자로 불리고 있지만, 차차 임상 시험을 마치고 환자들을 위해 일해줄 준비를 마쳐가는 다른 치료제들이 있기에, 조만간 마요자임을 대체하는 더 좋은 치료제가 폼페병 치료를 담당할 것도 같다는 것이 나의 예상이다. 새로운 약인 만큼 모두 마요자임보다 효과가 좋은 약들이기에, 나의 기대가 매우 크다.

전 세계를 덮친 코로나19 바이러스 또한 뜻밖의 좋은 영향을 주고 있다. 코로나 백신 개발 덕분에 덩달아 폼페병 신약 개발에도 가속도가 붙은 것이다. 코로나 백신 개발을 위해 연구를 하던 중 폼페병에 효과가 좋은 약물을 발견했다는 소식은 나와 같은 폼페병 환우들을 모두 춤추게 했다. 코로나에 걸릴까 봐 조심하며 살아가야 하는 하루하루이지만, 하루라도 더 빠르게 폼페병 신약을 만날 수 있다는 생각에 우리는 7년을 희망으로 보냈다.

약물 치료제뿐만이 아니다. 유전자 치료제의 개발도 박차를 가한다는 소식이다. 2주에 한 번씩 꼬박꼬박 병원을 방문해야 하는 약물 치료와 달리, 유전자 치료제는 주사 한 번에 치료되어 싹 나아버릴 수 있다는 마법 같은 치료제라고 한다. 그 말이 사실이라면, 폼페병 완치는 절대 불가능이 아니게 될 것이다. 그리고 폼페병이 완치된다면 당연히 호흡기를 떼고 다시 걸을 수도 있지 않을까? 걸을 수 있다면 자연스럽게 학교도 등교할 수 있게 될 것이고, 사실 내 장애의 근본적인 원인이 폼페라는 것은 부정할 수 없는 사실이기에, 완치된다면 시작될 선순환이 어느 정도일지 나 자신도 예측하기 어렵다. 그렇기에 여러 가지 상상의 나래를 펼치며 오늘도 신약이 하루빨리 개발되기를 기대한다.

하지만 모든 것을 신약에만 걸고 있는 것은 아니다. 하나의 약이 나와 임상 시험을 거치고 시판용으로 승인되기까지의 과정은 멀고도 험하다. 그 과정이 얼마나 걸릴지도 감히 예측하기 어렵다. 몇 개월이 걸릴지, 몇 년이 걸릴지 아무도 알 수 없는 것이다. 그렇기에 여러 신약이 개발된다고 하여도 내가 그 약을 쓸 때까지 기약 없는 기다림이 필요할 것이다. 얼마나 기다려야 하는지도 모를 그 시간을 허무하게 날려버릴 수는 없는 일이 아니겠는가? '신약이 언제 나오나'만 기다릴 것이 아니라, 그 사이에 몸을 조금이라도 더 건강히 만드는 일에 집중해야 한다. 몸이 좋을수록 약효가 더 크기 때문이다.

'나의 몸이 더 좋아진 상태에서 신약을 공급받는다.'

이것이 내가 생각하는 최고의 시나리오이다. 그저 바라기만 하면 아무것도 변하는 게 없으니, 나의 바람을 현실로 옮기기 위해 나는 오늘도 열심히 운동을 한다. 물론 매일 열심히 최선을 다하는 것은 아니다. 운동을 해야 하는 이유는 누구보다 잘 알지만 안타깝게도 몸과 마음이 따라 주지 않기 때문이다. 뇌가 "운동을 해라!"라고 명령해도 '싫다'며 항명하는 나의 몸을 어찌하면 좋을까. 나는 뇌의 명령에 거듭 항명하려는 몸과 마음을 다그치며 억지로 운동을 해나간다. 안타깝게도 결국 항명에 굴복하여 '오늘 하루만 쉬자!'라고 마음먹어버리는 날도 종종 있지만, 최대한 그런 날을 만들지 않으려 노력하는 중이다.

그 말은 나에게 꼭 들어맞는 말이다. 내 몸이 유독 힘든 날, 나의 목표 치만큼 운동량을 채우지 못하곤 할 때 불편해지는 마음을 달래고자 중얼거리는 격언이 되기도 하였다 '오늘 하루 좀 못해도 괜찮아. 내일 더 열심히 하면 되지. 결과보다는 과정이 중요하다고 하잖아? 비록 목표량을 채우지 못했지만, 최선을 다해 열심히 했으니 잘한 거다.'라고 내 마음을 다독이고 있노라면, 어느 순간 마음이 편안해지는 걸 느낀다.

사람이 매일같이 똑같은 시간에 운동할 수는 없는 법이라고 생각한다. 유난히 잘 되는 날도 있지만, '이상하다' 싶을 정도로 안 따라주는 날도 있기 마련이다. 잘 되는 날의 기분은 날아갈 듯이 좋은데, 안 되는 날이면 마음이 지하 35층으로 추락해버리곤 하기에 재활 시, 마음 다스리기는 무처이나 중요한 요인 중 하나가 되었다. 속상한 마음을 애써 누르며, 내일은 잘될 거라는 믿음으로, 하루하루 열심히 하면 된다는 신념하에, 잘 되든 못 되든 나는 운동을 일과로 소화해낸다. 운동 시간의 여부가 중요한 것이 아니라,

그렇게 하루하루를 보내다 보면, 언젠가는 신약이 내 앞에 짠 나타나 병으로부터 자유롭게 만들어주지 않을까, 다시 학교에 가서 비장애인들처럼 생활할 수 있게 만들어주지 않을까? 신약의 효과가 얼마나 좋을지, 신약으로 인해 나의 삶이 어떻게 바뀔지는 아직 전혀 알 수 없는 부분이

기에 마음껏 상상의 나래를 펼칠 수 있다. 내가 원하는 삶을 그려보고, 보란 듯이 그 삶을 살아가는 나의 모습은 상상만으로도 그저 행복한 모습이 아닐 수 없다.

상상한다는 것은 참으로 즐거운 일이다. 내가 원하는 것을 마음대로 그려볼 수 있으니 말이다. 상상 속에서의 나는 장애인이 아닌 베스트 셀러 작가로 존재하며, 호흡기 환자가 아닌 건강한 아가씨로 변해 있다. 내가 원하는 대로 꾸며볼 수 있다는 것이 상상의 큰 매력일 것이리라. 상상 속의 나는 현실의 내가 오늘 하루를 살아갈 원동력이기도 하기에, 나는 끊임없이 상상하고 대번 미소 짓는다. '저 상상 속의 나를 언젠간 실제로 마주할 날이 있을 것이다.'라는 희망 또한 언제나 함께이다.

희망을 먹고 살다 보니, 희망이라는 것이 얼마나 귀중한 것인지 알게 되는 것은 당연지사, 희망이랄 것이 없는 사람들을 볼 때면, '얼마나 암울할까?' 하는 생각이 들기도 한다. 하지만, 희망이 없다는 것도 나의 생각일 뿐, 그들에게 정말로 아무 희망이 없는 것은 아닐 것이다. 내가 눈치채지 못할 뿐이지, 그들에게도 다 그들 나름의 희망이 있을 테니까. 모든 사람은 자신도 모르게 희망을 가지고 있기 마련이다. 그 희망이 크든, 작든 간에 **'희망'**이라는 것은 모두를 살아가게 하는 **원동력**이 되어준다. 설령 손톱만큼 작은 희망이더라도 괜찮다. 꼭 거창한 것만이 삶의 원동력은 아니니까. 남들이 보기에 하찮은 것일지라도, 자기 자신에게는 무엇보다 소중한 것이라면, 그건 무엇보다 소중한 것이 될 것이다. 희망은 우리 모두의 힘이다.

절망스러운 상황이라 하여 모든 감정을 모두 버리지 마시라. 아무리 힘들어도 언젠간 햇볕이 쨍하고 내리쬘 것이라는 희망을 가지고 있기를 바란다. 때로는 스스로가 웃을 만큼 거창한 상상을 해보아도 괜찮다. 허무맹랑한 것일 수도 있겠지만, 설령 그렇대도 뭐 어떤가. 그 상상으로 자신이 잠시나마 즐겁고 행복해진다면 그것으로도 충분한 것이다.

기관절개를 하던 때, 나는 내가 이렇게 책을 쓰게 될 것이라고는 감히 상상도 해보지 못했다. 아무에게도 말하지 않았지만, 내심 '이렇게 평생을 살다가 죽는 것이 아닐까?' 하는 비관적인 생각으로 앞으로의 삶을 그려본 시간이 하루 중에 반은 되었을 것이다. 하지만 5년이 지난 현재, 나는 꿈을 향해 한 발짝 나아가고 있다. 비록 몸은 더 악화되었을지언정, 정신은 더 건강해진 열일곱 살 소녀가 되어, 나의 이야기를 세상 사람들에게 들려줄 준비를 하고 있지 않은가. 아이들이 열심히 공부할 때, 나는 내가 좋아하는 일을 하며 행복감을 느낀다. 다른 사람들과 '**틀린**'게 아니라 조금 '**다를**'뿐이다.

'틀리다'와 '다르다'는 단어의 뜻에 있어 엄청난 차이가 있다. '틀리다'는 "맞지 않고 어긋나다."라는 뜻이고, '다르다'는 "서로 같지 않다."라는 뜻이다. 다른 사람들과 똑같지 않은 삶을 살아가는 나는 틀린 삶을 사는 것이 아니라, 다른 삶을 살아가는 것이다. 일반적인 삶과는 차이가 있을지언정, 나의 삶의 방식이 결코 잘못된 것이 아니니까. 그렇기에 '조금 특별한 삶을 사는구나~' 하고 받아들이면 편할 것이다. 간단한 것을 가지고 '이상하게 사네?' 하며 바라보지 않길 바란다.

나는 '이상하게 사네?'라는 뜻이 담긴 사람들의 눈빛을 너무나도 많이 받으며 자라왔다. 동물원의 원숭이도 이보다는 낫겠다는 생각이 든 적도 심심찮게 있었다. 하지만 앞서 밝혔듯, 내공이 쌓일 대로 쌓였는지 더는 그들의 시선 따위는 신경 쓰지 않는다. '쳐다보고 싶으면 쳐다보고, 아니면 말아라~' 식의 자세로 당당하게 나아간다. 사람들의 생각이 어떠하든 간에 우리 가족은 함께 있을 때 그 어느 때보다 빛이 나기에, 그 빛에 가려져 사람들의 시선이 안 보이는 것일지도 모르겠다.

초등학생 시절, 나를 뚫어져라 바라보는 어른들을 볼 때면 늘 했던 생각이 있다. '내가 그렇게 이상한가? 왜 저렇게 보는 거지? 무슨 생각을 하면서 나를 볼까?' 지금 와서 그 질문에 자문자답하자면, 당시 나의 모습은 정말 이상했을 것이다. 제대로 걷지 못해 엄마의 도움으로 간신히 걸어가는 모습, 그나마 엄마가 뒤에서 잡아주지 않으면 곧 넘어져버릴 듯 휘청거리는 위험한 걸음걸이, 유난히 더웠던 여름에도 캥거루처럼 꼭 붙어 함께 뒤뚱거리며 걸었던 우리 모녀의 모습을 떠올려보면 헛웃음이 절로 나온다.

당시에는 걷는 것에만 집중하다 보니 우리가 다른 이에게 어떤 모습으로 비칠지 신경 쓸 겨를도 없었지만, 열일곱 살이 된 지금은 예상이 가니까. 비장애인들 눈에는 정말 신기할 구경거리가 따로 없었을 거니까. '쳐다볼 만했네, 정말 우스꽝스럽긴 했겠다.' 하는 결론에 이른다. 그때는 전혀 몰랐던 것을 알 수 있게 된 것이 그사이에 내가 훌쩍 컸다는 증거이기도 하지만, 과연 사람들의 시선 속에 담긴 진심을 하나하나 알아가는 이 과정이 나의 정신건강에 이로운 것인지는 잘 모르겠다. 그 당시를 다시 곱씹다 보면, 사람들의 눈빛이 떠올라 거북스러워지니까 말이다.

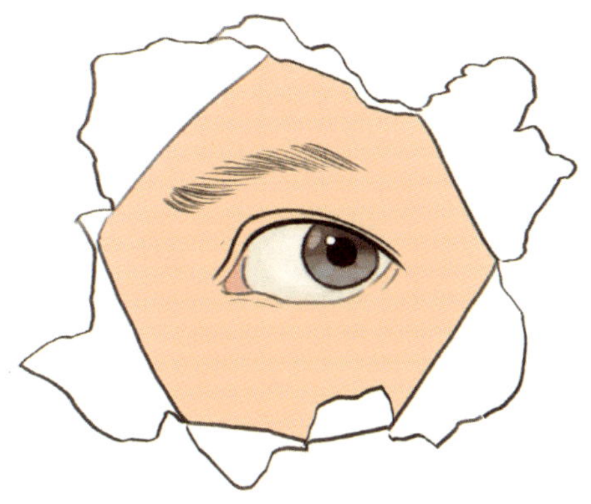

　신기해하는 것 못지않게 매우 딱해하는 것이 적나라하게 드러나 있는 눈, 내가 무척이나 싫어하던 그 눈. 무어라 형용할 수 없는 온갖 감정이 다 담긴 것 같은 시선.

　그들 나름대로는 내가 안타까우니까 그렇게 쳐다보았을 수도 있다. 사람은 직접 겪어보지 않는 이상 몇백 번 말해줘도 당사자의 감정을 모르는 경우가 많기에, 그들 역시 자신들의 그러한 시선이 장애를 가진 어린 여자아이에게 얼마나 큰 상처가 되는지 모른 채, 무심코 시선이 간 것이리라. 그렇다면, 그들에게 알려주어야겠다. 당신들의 행동이 얼마나 큰 반향을 불러일으켰는지 말이다. 그리고 장애인을 목격하였을 때 어떻게 해야 장애인 보호자들에게 칭찬받을 수 있는지도 알려주려 한다.

　우선, 아무리 신기하고 딱해도 뚫어져라 쳐다보는 것은 절대 금지다. 장애인이라 해서 아무것도 모를 것이라는 착각은 절대 하지 말아주시길 바란다. 장애인들도 알 것 다 알기 때문이다. 아니, 오히려 장애인들은 대체로 눈치가 빠른 편이다. 신체적인 결함이 있기에, 그것을 메꾸고자 저절로 눈치가 발달하게 된 것이다. 살아남으려는 생존본능이라고나 할까.

그렇기에 뚫어져라 쳐다보면 모든 것을 눈치챈 장애인이 매우 불쾌하게 여길 수 있다. 나처럼 쳐다봐도 그러려니 하는 사람 또한 있을 수 있겠으나, 아무렇지 않아 한다는 것은 곧 비장애인들의 시선에 길들었다는 뜻이다. 그렇다고는 해도 기본적으로 기분이 나쁜 것은 사실이니 장애인을 목격하여도 쳐다보지 말아주기 바란다.

그렇다고 시선을 돌리란 이야기는 아니다. 간혹 장애인을 보면 자신이 더 당황하여 어찌할 줄 모르다가 급히 시선을 돌리며 못 본 척을 하는 사람들이 있다. 뚫어져라 쳐다보는 것보다는 나을 수 있겠으나, 일부러 못 본 척하는 것도 그다지 추천하는 방법은 아니다. 장애인은 '모두가 나를 피하는구나.' 하는 생각에 자괴감을 느낄 수 있기 때문이다. 또 아무렇지 않은 척 고개를 돌린다고 하여도, 장애인들은 자신을 보고 놀라서 저러는 것이라는 것을 매우 잘 알고 있다.

그렇기에 가장 추천하는 이상적인 방법은 말 그대로 '그런가 보다.' 하는 것이다. 쳐다보지도 말고, 그렇다고 못 본 척하지도 말고, 장애인을 만나면 만나는 대로, 정말 '아무렇지 않게' 지나가면 된다. "안녕하세요?" 하고 인사를 해도 무방하다. 또한, 어린아이라면 "예쁘게 생겼네~"와 같은 칭찬을 하는 것도 좋은 방법이다. 장애인들과 그 가족들은 이렇게 비장애인들과 '똑같이' 대해주는 것을 가장 선호한다. 그리고 비장애인들과 똑같은 대우를 받았다고 느낄 때 행복감을 느낀다.

사실, 말이 쉽지 눈앞에 장애인이 지나가는데 아무렇지 않게 대하기는 무척이나 힘든 일일 것이다. 그나마 증세가 가벼운 자라면 몰라도, 나처럼 기계를 주렁주렁 달고 있는 중증장애인을 만난다면 침착함을 유지하기는 무척이나 어렵다. 반사적으로 깜짝 놀라게 될 테니까. 하지만 너무 놀라지 말고 그러려니 하여 주시기를 간절히 부탁한다. 장애인을 이상한 존재가 아닌, 그저 '조금 다른' 존재로 바라봐주길 바란다.

장애인도 이 사회의 일원이고 대한민국의 국민이니,
함께라는 생각으로 사회적인 시선을 바꾸어나가기를 소망한다.

또한, 명확하게 알려주고 싶은 것은 장애인은 불쌍하지 않다는 것이다. 몇 번이고 강조하지만 그저 조금 다른 것뿐이다. 조금 다르다는 것을 빼면 비장애인들과 똑같은 모습으로 하루하루를 보낸다. 또한, 장애인에게도 자신들을 사랑해주는 소중한 가족이 있다. 가족과 함께라면 아무리 장애가 있어도 그저 행복할 것이다. 내가 부모님과 함께일 때 세상을 다 얻은 듯한 기쁨이 차오르듯이, 충분히 행복할 수 있고, 자신이 원하는 것을 할 권리가 있는 장애인들에게 연민을 느끼지 말아주었으면 좋겠다. 그저 함께 하는 한 사람으로만 받아들여주면 될 것이다. '인격체'로 인정해주며, 한 발짝 나아가자. 모두가 즐거워질 것이다.

　장애를 앓고 있는 청소년들의 마음을 대변해주고자 써 내려간 글이 어느덧 막바지에 이르고 있다. 나의 인생사를 바탕으로, 중간중간 내가 느낀 점과 이런저런 당부의 말을 곁들인 이 책에 마침표가 찍히기 전에 이것을 밝히겠다. 나는 이 책을 쓰는 내내, 정말로 행복했다. 때때로 힘든 순간이 있었지만, 그래도 즐거운 순간이 훨씬 더 많았기에 이렇게 무사히 마무리를 지을 수 있었다고 고백한다. 또한, 내 삶을 돌아보는 기회가 되었다는 것도 잊지 못할 것이다. 파란만장하면서도 눈물 마를 날이 없었던 나의 열일곱 인생 성장기. 하지만 나는 지금 매우 잘 살고 있다. 비록 장애인이지만 건강한 정신과 마음을 지닌 소녀이다. 작가가 되겠다는 원대한 꿈을 가진 소녀이다. 그리고, 꿈을 생각하면 온몸에 피가 들끓는 영락없는 십 대이다.

　이렇게 따지니, 나는 또래 아이들과 다른 점보다 비슷한 점이 훨씬 더 많은 것 같다는 생각이 문득 든다. 지금껏 "장애라는 것은 틀린 게 아니라 다른 것이다!"라고 열심히 외쳤던 나이건만, 정작 나 자신이 "장애는 틀린 것이다."라고 단정 짓고 있었는지도 모르겠다. 나부터가 장애는 틀렸다고 정의해놓고 다른 사람들에게는 장애는 다른 것이라고 하면 안 되는 일이지 않은가? 이번에 글 쓴 것을 계기로 삼아, 한층 더 당당하게 세상과 소통해야겠다는 다침을 해본다. '장애는 그저 다를 뿐'이라는 사실을 내가 알고 있으니까!

　지금껏 온실 속 화초처럼 편안하게 살아온 나이지만, 나도 언젠가는 험악한 세상 한복판에 놓일 것이다. 언제나 나의 든든한 방어막이 되어주던 부모님도 세상과 작별할 순간이 올 것이다. 보호자 없이 혼자 남겨질 때를 대비하여, 지금부터 수없이 연습하고 되뇌어야겠다. 장애는 틀린 게 아니라 다른 거라고. 수없이 무너지고 좌절하겠지만, 지금껏 살아온 경험으로 앞으로의 인생도 충분히 살아갈 수 있을 것이다. 힘들어도 악착같이 살아가면, 언젠가는 나에게도 봄날이 오겠지. 언제 폼페병을 앓았냐는 듯, 건강하기 그지없는 성인이 되어 오늘을 생각하며 추억을 곱씹겠지. 지금의 고생이 나중에는 모두 추억의 한 페이지가 될 것으로 생각하며, 오늘 하루를 더욱 열심히 살아야겠다는 다짐을 해본다.

　몇 년, 몇십 년이 걸리더라도 나는 끝까지 밝은 마음으로 끝내 폼페병과의 전쟁에서 승리할 것이다.

　나처럼 완치를 기다리는 모든 환우분이 힘내시기를 진심으로 응원한다. 쥐구멍에도 볕들 날이 온다고 하지 않았던가.

　우리에게도 분명 볕이 잘 들어오기 시작할 것이니,
한 줄기 희망을 절대 놓지 말라고 외치고 외쳐 본다.

　길다면 길고 짧다면 짧은 이 글이 마침내 끝난, 열일곱 살의 어느 여름날을 축복한다.

끝까지 밝은 마음가짐으로 병을 물리치겠다고 굳게 다짐하는 수빈이
가 다시 독자 여러분께 인사드립니다. 먼저 파란만장한 인생사를 모두
살펴주신 것에 감사를 표합니다. 저의 삶을 통해 같은 처지에 놓여 있는
분들에게 꿈을 주겠다는 목적으로 시작한 에세이 집필은 생각보다 어려
운 여정이었습니다.

사실 저는 블로그에 글을 즐겨 쓰고, 삼국지를 써본 경험이 있는지
라 에세이도 그렇게 어려울 것 없을 거로 생각했습니다. 다른 이가 아닌
"나 자신"의 이야기를 서술하는 것이니, 오히려 삼국지보다 훨씬 쉬울
거라고 자신만만해하기도 했고요. 결론적으로 말하자면, 자아도취가 심
한 열일곱 살 소녀가 치기를 부린 것이더군요. 에세이를 너무 만만하게
봤다는 사실이 부끄러워질 정도로, 집필 작업은 힘들었습니다.

제가 에세이를 만만하게 봤던 것은 "나 자신의 이야기"라는 점 때문이
었죠. 하지만 막상 써보니 크나큰 오산이었음이 드러났습니다. 오히려
'나'의 이야기여서 더욱 어려웠기 때문입니다. '조수빈'이라는 한 사람을
글로써 나타내는 과정이 이만저만 고민되는 것이 아니더군요.

'어떻게 하면 나의 본 모습을 솔직하고 담백하게 글 속에 담아낼 수
있을까?', '어떻게 하면 나의 이야기로 다른 이들에게 감동과 희망을 줄
수 있을까?' 하는 질문으로 끊임없이 자문자답했고, 글 쓰는 것은 절대
만만치 않다는 작가로서의 고뇌를 직접적으로 경험하였습니다. 가벼운

마음으로 삼국지를 써볼 때와는 느낌이 달라도 너무 달랐기에, 생각지도 못한 새로운 감정을 느끼게 되었어요. '출판'이라는 단어의 무게감이 주는 부담과 혼란 그리고 걱정스러움을 차고 넘치도록 느낀 지난 7개월이었답니다.

7개월의 작업 끝에 세상에 나오게 된 에세이를 집필하며 가장 힘들었던 순간은 글을 쓰는 순간이 아니라 기억을 꺼내는 순간이었습니다. 이미 지나간 일이라 덤덤하다고 생각했는데, 그게 아니었나 봐요. 여전히 파란만장하기 그지없는 저의 인생을 생각하고 있노라면 절로 우울해지고 눈물이 나더군요. 글을 쓰는 과정에서, 기억조차 나지 않는 갓난아이 시절부터 생생하게 기억나는, 그래서 더 아픈 최근의 일까지 모두 되짚어가며 그것을 생생한 글로 옮기는 과정이 무척이나 힘들었습니다. 마음 아픈 과거라서 애써 가슴 한편에 묻어두고 꺼내지 않는 기억들을 하나하나 다시 꺼내보는 것은 무어라 형용할 수 없이 먹먹한 일이었거든요. 그래도 이제 힘든 일이 다 지나고 좋은 일만 일어날 테니까요. 제 인생에서의 고통은 여기까지라며 애써 마음을 다잡고, 한 글자 한 글자 글을 이어나갔습니다.

비록 힘들었을지언정 결코 의미 없는 일은 아니었습니다. 모진 풍파다 겪으면서도 나름 훌륭하게 자랐다는 자부심을 느낄 수 있었던 시간이었지요. 내가 절로 기특해지는 시간이었다고나 할까요? 무엇보다 작가라는 직업이 절대 쉽지 않다는 교훈을 심어준 값진 경험이었습니다. 그리고 지금은 마침내 여러분에게 꿈과 희망을 전해줄 수 있다는 사실이 매우 기쁩니다. 저의 삶이 여러분에게 어떻게 다가갈지 모르겠지만, 부디 여러분에게 긍정적인 힘이 되기를 소망합니다.

끝으로 항상 저를 위해 헌신해주시는 부모님 사랑합니다. 제가 작가의 꿈에 한 발짝 더 다가갈 수 있도록 기회를 주신 삼성서울병원 소담누리 도담도담 봉사단 관계자분들 정말 감사드립니다. 제 책을 세상에 내주신 하움출판사 관계자분들 너무나 수고하셨습니다. 함께 작업해주신 그림작가 서세찬 님, 함께할 수 있어 영광이었습니다. 오늘의 영광을 함께해주신 모든 분께 돌립니다.

나답게, 여전히
안녕 폼페야!

1판 1쇄 발행 2024년 1월 26일

글 조수빈 **그림** 서세찬

편집 문서아 **교정** 윤혜원 **마케팅·지원** 김혜지

펴낸곳 (주)하움출판사 **펴낸이** 문현광

이메일 haum1000@naver.com **홈페이지** haum.kr
블로그 blog.naver.com/haum1000 **인스타그램** @haum1007

ISBN 979-11-6440-522-0 (03810)